飞扬

飞扬·青春校园记忆美文精选

夏天以后

省登宇 主编

国际文化出版公司
·北京·

图书在版编目（CIP）数据

夏天以后 /省登宇主编 . —北京：国际文化出版公司，
2012.6（2024.5 重印）
（飞扬·青春校园记忆美文精选）
ISBN 978-7-5125-0346-5

I.①夏…　II.①省…　III.①散文集—中国—当代
②短篇小说—小说集—中国—当代　IV.① I217.1

中国版本图书馆 CIP 数据核字（2012）第 065398 号

飞扬·青春校园记忆美文精选·夏天以后

主　　编	省登宇	
责任编辑	宋亚昍	
统筹监制	葛宏峰　李典泰	
策划编辑	何亚娟　任立雍	
美术编辑	刘洁羽　王振斌	
出版发行	国际文化出版公司	
经　　销	国文润华文化传媒（北京）有限责任公司	
印　　刷	三河市同力彩印有限公司	
开　　本	700毫米×1000毫米　　16开	
	10.5印张　　　　　　138千字	
版　　次	2012年6月第1版	
	2024年5月第2次印刷	
书　　号	ISBN 978-7-5125-0346-5	
定　　价	39.80元	

国际文化出版公司
北京市朝阳区东土城路乙9号　　邮编：100013
总编室：（010）64270995　　传真：（010）64270995
销售热线：（010）64271187
传真：（010）84271187-800
E-mail：icpc@95777.sina.net

CONTENTS 目录

第3章　浮光掠影

第4章　青涩年华

目录 CONTENTS

第 1 章

且听风吟

我闭上眼睛深吸了一口气，聆听着这思乡的声音

双生 ◎文/滕洋

佘有盈坐在位子上，看密山稳稳走上台去，眼里笑意盈盈。

今晚，我有个重大决定要宣布，密山对着麦克说。

有盈仿佛看见自己无名指套钻石指环，喜由心生，多年煎熬，最终修成正果。

那程宽若看见这一幕，不知作何感想。

佘有盈见到程宽若第一眼自是欢喜，由内而生的喜欢，仿佛一早便已认得，没有相见恨晚，像是早晨刚在巷口分手，现在又在课堂上见到。老师插程宽若到佘有盈的小组，有盈主动将身边空位让给这个转校生，宽若施施然走来，两条细瘦的胳膊从校服宽大短袖里摆荡出来，干净的格子裙，窄球鞋。有盈又是喜欢：心心念念想要做这样干净的细瘦女子多年，却只落得个珠圆玉润，如今多得程宽若，即便自己不是她那样好看的女子，看着她，也是得偿想象的吧。

某些人，生来注定是要做朋友的。程宽若如是想，她转来 C 校本是不得已。

宽若父母在国外，又像小孩子一样惧怕自己的孩子：当年那样年轻的一对璧人儿，结婚出国如同小孩子扮家家酒，某日突然多了一个孩子，手足无措连奶粉和麦片都常常搞错，无奈直接加急回国，交给外婆照管，这一照管就是十几年，到孩子出落成大方少女，他们得意之余，竟无半点歉疚，只这一个女儿，想是国外打拼多年的财产都予了她，还不足么？

外婆爱烧冬瓜蟹子汤，某日买小蟹子时突然晕倒在菜场，是血栓，送进医院一病不起。那一对中年夫妇回国打理，看着老妇少女，又有些不自在的矜持，想了想孩子还是不能带走，留在国内也蛮好，于是老妇送到最贵的英国人医院，孩子送到最贵的寄宿学校，扪心自问还是无歉疚。

程宽若照顾外婆只是忙碌，管不得这对中年男女站在外婆床前只是无措，优雅女人挽一个光滑的髻，偶尔想起就弱弱问病榻上老妇一声，妈妈你要不要喝水。外婆不懂回答，程宽若淡淡看母亲一眼，从保温桶里倒些水到消毒纱布上，给外婆润润嘴唇。中年女人讪讪地笑，宽若你最懂得外婆了。

后这一对中年男女十指相扣，飞回另一个时区去，宽若机场送行，竟是没有泪水，三人寒暄如普通朋友，中年男子审慎拍宽若的肩膀，要好啊。宽若郑重点头，中年女子搂过宽若落两滴泪水，好好照顾外婆，我们会寄钱回来。宽若还是郑重点头，中年女子拭过泪水，又与丈夫十指紧扣。宽若看着两人如初恋一般去登机，错觉他们这十几年并无成长，而自己也不是谁的女儿。

只是，这一对男女归国带来的转学还是即刻应许了。宽若本不是热络交际的女孩，常年同外婆一起生活，安静惯了，碰见新的环境新的人，怕是未必，但交际障碍还是有。有盈这样的热情，让宽若心生温暖，乐意将她当了自己新的朋友。后来就有了两个半大女孩日日趴在课桌上热闹的说话，宽若本不善谈，有盈却极喜交流，将自己心底里的故事全都说给宽若听。

有盈是有钱人家的女儿，父母中年得子很是宠爱，那天是月盈，笃信兆头好彩的父亲便取了"有盈"这个名字，盈是谐了"赢"的音，只是这个名字倒也别致。父亲为她专门成立慈善基金，救助孤残女童。

有盈便是这样众星捧月地长大，许是见多了雍容华贵的大家闺秀，有盈骨子里独对细瘦平和的女孩有好感，自己为成为那样一个，也曾节食闭口，但天生的骨骼问题，胖是不胖，还是有些肉的，让人一看便觉圆润可爱，应了她的名字。节食并未让她细瘦起来，整个人如同病了一样的没有精神，于是作罢。那日见了宽若，觉得应了心中所想完美女孩的形象，便惜怜起来，这是怎样好看的一个人儿啊。加上宽若性格温敦，两人坐同桌马上变成私密的朋友。

有盈身上少有骄纵长大女孩的骄娇气质。人要强，样样都要争抢的性格，倒像是出身卑微要靠争抢上位的身世惨淡少女。宽若看着有盈辛苦维持女生第一的名次有时苦得掉出泪来，再看她为一个学生会主席的竞选忙得累出病来，心里是疼惜，嘴上却骂她脑子搭错弦，人家要的你也要，人家不要的你也要。有盈却是笑，心里充实的满足。许是有盈这样的姑娘自小要风得风要雨得雨，一切来得太容易，所以人家要的她必是要的，越是有难度越是有趣味。好成绩与学生会主席的位置要不要于有盈本身并无重要。只是有盈也无梦想目标，看人家都想要，便觉得好，觉得好了，自己便也想要，于是发狠夺了来，众人中得头标，内心欢愉宽若无法体验。

我哪像你呢？我做不得这样安安静静读书写字。有盈发足奔跑后留给宽若一个大大笑脸。那时宽若站在操场草地旁边看一本安闲的书，她看有盈这样甜蜜的微笑，内心也是快乐，既然这样的有盈很快乐，那就随她去好了，虽是朋友，也大不必干涉对方的生活方式。

有盈有时刻意模仿宽若，举手投足间十足的程宽若，有其他要好的女同学惊异，你和宽若越来越像。两人只是笑，宽若以为在一起久了自是相似。有盈得意自己终有一点像自己想成为的那类女子。只是奈有盈不是程宽若，那种安然平和气质，是怎样努力也学不来半滴的。

这样的好日子并未维持多久，转眼高考要来，班里的气氛有些压抑，人人自危。有盈日日拿了报章研究哪所大学适合，她心里倒是不急，成绩好，学费也不用筹措，现在只是挑一个符合身份让众人艳羡的学校便好。宽若也是不急，每日读书画画，程宽若从来就没将考大学一事提上日程，本来读书是发于内省，自己愿意去读，那些理化的东西，有时不懂也就作罢，以前有外婆不断敲打，就努力去弄个大体清晰拿个说得过的成绩哄老人开心，如今外婆瘫在病榻，毫无知觉，宽若要照顾自己生活，还要跑去看外婆办各种杂务，理化这样不喜欢的学科，也就不上心了。爱画画读书就日日上课画画读书，成绩比入学时糟糕，也不在意。

倒是有盈，有些代她急了，宽若你这样是考不上大学的。

考不上大学有什么打紧么？宽若睁大了眼睛问有盈。

有盈不再说话，宽若这个人是无法跟她说明白这样现实且残酷的问题的。有盈自做主意，开始张罗起宽若的大学。她从报章上找些招特长生的大学，让宽若去考绘画。程宽若爱画画却没经过专业训练，作为特长生进大学学个法律或者新闻专业倒也不错。有盈的算盘打得山响。

这期间，宽若的外婆出了反复，医院下病危通知书，宽若想打电话给在国外的父母，发现自己居然不知道国外的父母怎么联系，往常都是外婆拨了电话过去叮嘱半天冷热再喊宽若过来说两句，或者父母打来，宽若多半已经睡了。外婆病情一反复，有盈回家翻箱倒柜想找到父母的联系方式，却并未发现只言片语的记录，许是老人烂熟于心没有记录，许是宽若粗心大意没有找到。宽若抱了膝在房间里哭，想到外婆那边生死未卜，发狠奔回医院，笃信找不到那对男女了，就断了念想不准备再联络他们。

医生问宽若有没有大人同来，外婆要做开颅手术。宽若将情形告诉医生，狠心直接说父母双亡没有别的亲人，医生面露难色，但老人命悬一线，只得让宽若在手术同意书上签字。宽若看见手术同意书上冰冷生硬的字句，眼泪顿时滚落，颤抖签了"程宽若"三字上去，未等医生进手术室，人已瘫软。有盈放了学来陪她，两人在手术室外等待，有盈家里送了点心来，有盈喊宽若多少吃一点，宽若只是哭，并不动，有盈也只好作罢。这样等到了午夜，手术室灯忽然熄灭，宽若心里咯噔一下，医生出来如影视剧一样摘口罩摇头，要宽若想办法准备后事，宽若竟没了泪，咬了嘴唇要再看一眼外婆，可一见外婆的脸已经盖在白色单子下面，人是先晕了过去。

多得有盈爸爸照顾，葬礼进行顺利。三日后越洋长途打来，款款女声问宽若和外婆好不好，积攒几日的情绪忽然全部发泄，宽若对着电话那头的母亲又是哭又是骂，恨是恨到了心里。母亲听了噩耗，愕然，哭了几场，母女两人平静，母亲问宽若不如过来和他们一起生活，反正也是要念大学。宽若想了想，不知自己在国内能有什么更好发展，但铁了心不要再见那对男女，于是生硬掐灭了这个念想，告诉母亲不要挂心，她要留在国内。母亲还是当年的小孩子品性未曾改，想也没想就应允同意。两人匆匆忙道别，宽若坐在椅子里吁一口气，翻日历，高考也是迫在眉睫的打算了。

宽若听了有盈主意去考特长生，除此之外，她自己竟是半点主意也没有。有盈安排什么她就去考什么，几轮下来，也拿到一些合格证书。倒不是宽若的专业有多么的好，只是她的气质，让老师不自觉地惜材，想招她进来。有盈内里是有自己打算的，同是一等的大学，推荐给宽若的却是比较差的那些，她打定主意自己会考到那些最好的里去，心里又隐隐担心万一失手，而推荐了宽若进一等大学，自己为他人做嫁裳，心里定是不好受，可宽若又是这样好的朋友，龃龉是万万不想看到，干脆推荐她弱一点的学校，将来自己考上最好的，她还是得仰视，这样断了龃龉的可能。有盈觉得自己的做法对俩人都好，所以心境平坦。宽若本就不懂这些考学的事情，乐得别人安排，内里倒也熨贴。

可注定了两人不能分开，有盈考试的那天喝参汤补过旺，流鼻血，一身狼狈发挥失常，虽心有不甘，却也只能报一等里面较差的学校，宽若和有盈，报了同样的学校，两人，凑巧的又做了同窗，只是，初见时那样的青涩少女，已经脱胎换骨成女大学生。薛密山就是这个时候出现的。

那日晴好，民歌社办民歌小型演唱会，宽若和有盈约了来看民歌社表演，却叽叽咕咕的在台下只是说话，有盈去了欧洲旅行，不断讲给宽若欧洲见闻，像一种炫耀，宽若心里觉得好笑，父母在国外多年，自己也未曾出国探亲或旅行。此时薛密山上台，他是高一级的民歌社员，拿了鼓在台上与别人合唱，敲的不知是哪里的羊皮面小鼓，声音咚咚的极是好听。宽若的心本就不在有盈的讲述上，看见薛密山，更是全部跟着那边跑了。

薛密山是怎样安静宽广的男子，宽若看第一眼便已偷偷喜欢。有盈还在喋喋地说，见宽若心不在焉，顺着她的视线望去，也看到了唱歌的薛密山。有盈体味不了薛密山的气质，只是觉得这个男子好看，宽眉细眼线条分明，嘴角微微有笑痕却全然不再笑，别有味道。他打鼓的手尤其好看，细长干净，方口手指，指甲修得齐短。那一刻，有盈是喜欢了这薛密山，而宽若却爱了这薛密山。

宽若掏了速写本子出来为薛密山画像，十八年也未曾这样的果敢，彼一时安然此一时却已爱上不相干的人，甚至画像这样小女生小男生做的浪漫故事，她也笨拙地学了来用，就为了认识薛密山。散场有盈陪宽若去等薛密山，他拿了鼓最后一个走出来。宽若没有丝毫扭捏，直接拦了他送他画像，画得未必好，线条细碎凌乱，只是和了薛密山的气质，倒也特别。薛密山先是惊讶，后开怀。

画得极是像的。薛密山的这句客气，被宽若当了勇敢的鼓励。她进而主动请缨为民歌社画海报。连有盈都觉得她这样的急躁恍若不是那个自己认识的程宽若，却籍由此细细打量起了薛密山，倒是要看看他有什么好，让宽若这样的神魂颠倒，一路看下来，有盈便也觉得这个男人千万般的好。有盈是个主意太多反到没了主意的人，人家觉得好的她也觉得好，而宽若又是她倾力想成为的女子，于宽若面前，有盈内里是自卑的，所以连宽若的品位也觉得完美。自然，薛密山就是好的。

薛密山先是惊愕，后朗声大笑。民歌社从来就是低调的团体，不需要什么海报。几个热爱民歌的人在一起做自己的事罢了。

那怎么知道别人不需要民歌呢，你帮我问问你们社长好了。宽若咄咄逼人地追问，从来没有过的伶牙俐齿。

倒是把薛密山问住了，他就是民歌社的社长，组社只是想找志同道合的朋友，从没想过要发展民歌社同校园其他社团竞争。薛密山本就是个不争的人，如果说性格中的弱点，就是这样，无所谓，被推到哪里就在哪里。他想了想，也就同意了。

有盈觉得有些沮丧，她希望薛密山是不同意的，若他同意，似乎是说明了宽若的成功，这种感觉很微妙，她因为宽若喜欢上薛密山，本是后发的情绪，却想要和薛密山共振排斥宽若的干扰。宽若很是高兴，她笃定这是一个好的开始。薛密山倒没有任何的想法，他同意也不过是因为面前这个细瘦女子的态度还蛮强烈的，而他并不反感这个细弱女子的强烈。

回到私底下的空间，宽若即刻对有盈坦陈，自己喜欢上薛密山，想要交往。有盈嘻哈着揶揄她的花痴，并未做更多的评断。两人还是一样地吃饭睡觉，做这个城市为数不多的走读大学生。宽若是心思细密的女子，却偶尔神经大条，她并未发现有盈眼睛里的迟疑，她还是频频提起某日某地偶遇薛密山，两人越来越热络。而有盈却有她的打算，这个时候佘有盈性格里嗜血的一面又开始显现，别人要的，我也要。

她细细推算三人间关系，自知自己与薛密山除了那天并无交谈的初遇外没有其他交集，便想到了新的办法，她笃信这个办法滴水不漏，却也有冒风险的决心，毕竟世事不若想象，机关算尽也许被天算尽。但她是下了决心，于是去找薛密山。

程宽若喜欢你。佘有盈在没有征询宽若同意的情形下代她表白了。

薛密山惊愕，却也微笑。

有盈换一副缓和的面容，我看不得宽若再折磨自己，所以才跑来告诉你，不要伤她。

　　有盈是打定了主意，如果薛密山喜欢程宽若，自己是横竖插不进一杠子，早告诉他成全他们，自己还落得个好人的美名，两人感激她之余，她也好慢慢做打算。如果薛密山不喜欢程宽若，自己替她捅破窗户纸，节省她和他的时间，也方便自己早日达成计划。

　　但薛密山是喜欢程宽若的。爱了她的平静果敢。

　　这样看来，佘有盈是做了好事，那日听有盈说完，薛密山飞赴去找程宽若，窗纸既已有人代劳捅破，薛密山便开门见山，仿佛晚说一秒，宽若都让人抢了去。宽若听他口口声声地说爱，恍如梦境，将手全然交付他手心里，薛密山仔细一握，两人低头都笑了。有盈在一边看，心生嫉妒不是滋味，却也平静，这也还在她的计划之中。在她看来，宽若和密山的性格，凑在一起就是两座死火山，都不温不火平静不堪，她忽然觉得自己只要做得了勇到奋不顾身，薛密山迟早是她的麾下之臣。她觉得自己已很爱薛密山了，却不问这很爱来源于爱还是恨。

　　自然是大学恋爱的花前月下，薛密山不是平俗之人，不会骑单车载着程宽若在梧桐马路下飞驰，程宽若也不爱那样俗艳的感情，两人竟比以前的联络还要少了，心里做定主意，这就是今生今世要找的另一个，便都踏实安然，若是久长，不在朝暮。平素里少见面，见到了又是亲切自然。薛密山拉着程宽若的手去帮她选一个新的画板，两个人也不多说话，买了画板薛密山付过钱，替宽若选一个可爱的贴画，故意用童体字写了规规矩矩的"程宽若"三个字上去，两人就都笑靥如花，也是一对璧人儿。可有盈看起来这样的感情简直是无法容忍，她自信这两人的感情迟早要出问题。

　　程宽若与薛密山虽恋爱也并未将自己密合进二人世界，有盈并未因朋友的恋爱失去友情，反而多了一个薛密山做陪伴，她对自己这一步走得极其满意，程宽若与薛密山恋爱后，她与薛密山的交往愈发增多了，那两人有时不联络，她便跑去问薛密山为什么冷落了宽若，俨然一个知冷热会照顾的温柔体贴女子。

程宽若不几日剪断长发换了妹妹头，齐耳短发及眉刘海，配窄 T 恤背带短裤，踏简单沙滩鞋，越发的细瘦如孩童了。有盈以此推断两人的感情出了大问题，她的信念里只有失恋的女人才会突然剪了短发。此时的佘有盈已经成长成丰美热带水果一样的女孩，圆润且不嫌肥腻，她也自信这样的自己是招男孩子喜爱的，也确实如此。对于薛密山，也愈发的断言手到擒来。

她开始对其他女孩讲，薛密山并不那么的喜欢程宽若，只是当初的程宽若过于热烈，让老实的薛密山手足无措，两人才会在一起。校园里本来喜欢薛密山的女孩很多，大家都共同嫌嫌程若宽，经有盈这么一提点，愈发觉得宽若可恨，她与薛密山在一起，不过是凭了手段。真是个有心计的女子，而外貌又如此这般的欺哄人。有盈见效果达到，又悠悠叹气。这下所有女子都为有盈鸣不平了，那些凡俗女子还是有自持，觉得自己配不得密山，所以虽不希望密山有女友却也没半点想象自己会跟这样一个男子如何怎样，只是觊觎眼馋着，有盈又是极得眼缘的长相，男人女人多半都喜了她的圆润可爱，自觉她气质里有亲和的东西，这一下叹气，反让大多数女子觉得密山本该是有盈的，生生让冷淡气质内含心机的程宽若抢了去就是，如今善良的有盈在这里梨花带雨，实在让人唏嘘嗟叹。她们，不知不觉中，已经将自己的希望，完全寄托于有盈身上，没有半点保留。

学校里风言风语自此多了起来，传到密山与宽若耳朵里的添油加醋比初讲时不知甚了几辈。宽若没被人如此编排过，大哭一场，密山看了心疼，买了戒指直直跪下求婚，虽你先喜欢我，但我如今必是爱你更甚一筹，这就定下誓言，毕业成亲。宽若喜极而泣还是哭，密山手足无措地去擦那眼泪，揽女友入怀，心疼惜不知几倍。

有盈看在眼里，妒在心上。她不曾想事情这样发展，原想的囊中之物如今搁于他人砧板上，心中实在不甘，却只能眉开眼笑地祝福。心是淌下血来，也隐忍着不说。她是要定了这薛密山了。越是争抢，越是要。

于是学校里的言语更甚，乌糟的话不知脏几许多过墨汁，劈头盖脸全都泼在程宽若身上，最后传到导师耳朵里，导师也旁敲侧击个别特长生要自爱，不要搞坏了这百年名校的风气。宽若跟有盈哭诉，说谈恋爱怎么关到了别人的事，这样被诽谤。有盈安慰她，也淡然劝她，为这样一个不敢担当的男人究竟值当不值当。宽若睁大了泪眼问有盈何出此言。有盈做为难状，缓缓开口一句无风不起浪。宽若继续追问。有盈就骂她傻，若不是当事人四处乱说，怎会滋生这许多流言。宽若摇头不信，但心里已生些许裂隙。感情经不起推敲，尤其是这风口浪尖上，而宽若又极信有盈，这么多年的朋友，她未疑过有盈半寸。

慢慢的学校里宽若变成众矢之的，连有盈都没曾想这流言飞得这么茁壮活跃，还派生出更加恶毒的故事。她乐得旁观宽若变成无人理睬的不祥之人，而密山也因了宽若这样的女友承受巨大压力，民歌社社长位子也转易他人。有盈更乐得做一个大圣人，仍是宽若和密山坚定的朋友。

密山有时喝醉给有盈打电话，不明白宽若这样好的女子怎么被人无端恶语中伤。而多半宽若就正在有盈身畔，心里百味陈杂，疑的是密山为什么不打电话给她反打给有盈，莫非他心里已不再将她当作重要的人，虑的是密山这样安和无争的性格却要承受这样大的压力。

这样内外交迫的压力下，宽若做了果敢决定，她将戒指还给密山，告诉他自己确实如外界所传，玩弄男孩子感情，现在她腻了倦了要出国了。密山去找有盈追问，有盈也是模模糊糊不肯给一个确实答案，让密山忧怒中确信，宽若就是那样的女子。错爱了。

宽若的出国手续办理得很顺利，父母亲这两年仿佛老得很快，心境变化不少，希望女儿陪在身边，反复催促，宽若碍于密山，一直不松口，答应结婚后过去看他们。如今没有了密山，宽若身心俱疲，只想逃出去好好休息，这样以来，双方均满意了。

临出国前，宽若来同有盈道别，有盈家的大房子只有一个阿姨在，她见是宽若便让她直接上楼找有盈，宽若上楼却听有盈在讲电话，所有虚妄友情面目那一刻全部撕破，有盈仍在编派宽若的故事，宽若敲门的手举起放下，发狠头也不回地走掉。

密山与有盈，她一个也不想见。

留下的这两人，后来好像有了一段，也好像没有一段，连有盈自己也不清楚。密山那样的性格就是，对方火热地贴上来，他不拒绝也不应承。许多女子以为自己是密山的女友，深究下去，密山本人却并未承诺过任何一个。有盈也算一个。

过不几多时日，毕业，密山出国了，有盈恍若也忘记了这个极其想要的人，没有人争了，索然无味，但爱是爱了，虽不争，对密山的爱是生生硬烙在心里，自恃得不到也不想空耗了，心境成熟了许多，不再如少年时那样的争强好胜。

有盈是坚硬的性格，不肯继承家业，硬要自己走出一条路来，进了外资公司从小职员做起直做到市场部经理，再也没爱上过什么人，有时逢场作戏，不过尔尔。

谁曾想，三年后遇到了薛密山。他从国外总部派来监督国内公司工作，正是佘有盈的顶头上司。意外重逢，有盈的心里忽然起了波澜，大学时代积淀下的美好感情经这些年尘土覆盖，居然在见到密山的一瞬间浮现。她的心里，又有了年轻时那样的渴求。她隐约发现自己是在等待，等待薛密山回来。

密山一周七天，四天在美国总部公司工作，三天在国内。他对有盈似乎是关爱有加，或许是没料到会重逢，所以显得有些宠爱了，从国外回来带小礼物，在国内期间邀她吃饭看演出，俨然一对恋人，公司里其他女孩贴上来，也都碍于有盈的情面，再退回去。只是有盈自己心里清楚，这个男人从不曾真正属于过自己，连手都不曾牵过，他体面地维持着一个照顾者的距离，对有盈体贴入微。寒冷即奉上西装外套，但保持 60 公分安全距离。

期间有合适的追求者，本该动的心也都被有盈生生掐灭，她要密山，或许就像儿时未完成的梦，哪怕有一丝期待也是要等下去。于是又三年过去，有盈彻底变成快30的老姑娘，从28岁以后就乏人问津，人们也笃定了她和密山秘而不宣的关系，他们只是新潮的不婚族，但两人应该是正式的伴侣吧。人们都不知道这三年密山对有盈，根本没有逾越任何朋友的界线。有盈，更是不会说她和密山只是朋友云云。心中还暗含期待，让人误解也是幸福。

有盈三十岁生日将至，密山说有惊喜给她。所以有了这个Party，密山体贴地隐去了为有盈庆祝三十岁生日的目的，只说是他为有盈开的一个Party。因为被提示了将有惊喜，所以Party进行中密山走上台前去，有盈格外激动，她笃定这许多年终于修成正果，密山的求婚来得虽晚却还是要来了。她脑中浮现大学时代俊朗的密山向宽若求婚时直直跪下的情景，心中些许复杂的喜悦，密山这样温柔安和的男人，任是谁，也无法拒绝吧。

今天，我要宣布一个重要的事情，就是，我的妻子。密山笑眯眯地手指有盈的方向。

有盈的眼泪哗的一下掉了下来，她站起来，准备承接众人掌声，却只看见众人惊异的目光，和密山尴尬的笑容。有盈察觉什么，向后望去，程宽若娇笑如花正从她身后走来，一时间有盈羞愤交加，这一道重重地摆在她心上，尴尬之余，却只能转身拥抱宽若来掩饰在外人眼里莫名其妙的泪水，宽若，你回来了。

我们是大学时的恋人，后有了些误会，宽若出国，毕业后我也出国，没想到在华人聚会上碰见宽若，仍是爱她，我们在美国结婚，现在有两个孩子，本来宽若不想回国，但是我准备回国发展，所以她跟我回来了……

密山此时在台上喋喋不休地介绍，在有盈听来如此的聒噪。她心里是气的，但她又不想别人，甚至密山看出她的在意，她忽然觉得自己是个笑话，为一个不值得的人等了十年。宽若拥抱着有盈的手臂忽然紧了。

我们真是极像，对么，有盈。宽若冷冷地讲出这样一句。

作者简介
FEIYANG

滕洋，网名短短。1985 年 10 月出生，天秤座。女，曾就读于北京电影学院文学系，立志为中国电影事业或者文学事业添砖加瓦。喜欢独立坚强的漂亮女性。文字风格多变，执著于小说的故事情节。在《萌芽》《布老虎青春文学》《少女》等发表文章。（获第七届新概念作文大赛一等奖）

七人行 ◎文/胡婧慧

躺着看蓝天，你们在我身边。

——题记

一 琦的单车

数学老师讲解完最后一道复杂的函数题，下晚自习的铃声就见缝插针地打响了，恰好打断老师正准备再次洋溢的激情。老师看见同学们一张张按捺不住兴奋的脸，只好挥挥手，说，其他的事情明天再说，今天下课。

话音刚落，同学们就冲出了一半。在高三，真难得同学们有这样的活力。

有些同学不住校，而是每晚回家，这些同学便去车棚推车。突然，琦嚷嚷起来，说自己的车不见了。这打断了大家谈笑的话题，于是菲叫住杰和阿照，请他们帮忙找找，盛、学俊和小K听见了，也留下来帮琦找单车。

黑暗里，几柱手电筒的光线扫射着车棚大大小小的单车。杰特意去了车棚后的小竹林，也没有搜到琦那辆褪了漆的紫色歪龙头小单车。

同学们渐渐都走光了，车也被推光了，仅剩两辆废车没声息地倒在地上。

学俊说，小琦，你车没了，请节哀。

大家也想跟着安慰一下琦，谁知她却大笑起来，说，太好了，我的车终于丢了，太好了，妈妈终于肯给我买新车了。

杰斜着眼看了琦一眼说，你那陪伴了你六年的小车听了你的话该多心寒啊。

琦还在神气，昏暗里，谁都能看见她那手舞足蹈的身影。

学俊拿手电筒从下巴照向自己的脸，显得很恐怖，他压低声音对琦说，主人，你真坏啊，你竟然抛弃我了，我哪里对不起你啊……

琦被学俊吓得尖叫了一声，然后说，你们都不知道我的车多难骑，我踩都踩不动，妈妈老不给我换，我每次骑它都不锁，可它就是不丢。今天它终于丢了，我的苦日子终于熬到头啦哈哈。而且啊，这不是我弄丢的，是它自己丢的，我妈妈问起来你们都要帮我作证啊。

菲很惊讶地看着琦，琦是个话不多的女孩子，今晚一下说了这么多，可见实在是兴奋透了。

大家听着琦说话，都没有了声息。

突然盛用手电筒照向那边的竹林，大声说，琦，你的车在那里，我看见了！

不是吧？琦绝望地问。

当然不是。盛镇定地回答。琦走过去对着盛的车假装踢一脚，半生气半撒娇地说，你们都不是好人，就知道欺负我。

大家都笑了，菲逗琦说，大家帮你找车找了这么久，怎么不是好人呢。好了，回家吧，别兴奋过度了，回去让你妈看见还以为是你自己把破车给卖了骗她去买新车给你。

琦立马冷静下来，说，是哦，那我控制一下。然后她走向菲的车，要菲带她。

菲忙说，不好意思，我后胎没气了，看来你得劳烦这几位帅哥了，你自己挑个吧。

琦犹豫的时候，小 K 连忙热情地说，琦琦我带你吧，我车胎气挺足下午刚打的。

大家都知道小 K 那点小心思，于是各自暗暗偷笑没说什么。可是琦却拒绝了，而是走向阿照，说你带我吧，小 K 骑车不稳，我怕摔着。

他哪敢啊，他自己摔到也不敢摔你。盛插嘴。

是哦，就算你掉下来，他也会在底下垫着的。杰补了句。

阿照，还是你带我吧，他们都不是好人，就知道欺负我。琦坚定地说。

学俊立刻说，呸，他才是最坏的呢。我们个个刀子嘴豆腐心，不像他啊，面善心却黑着呢……

不等学俊说完，阿照冲着学俊的前胎狠狠踹了一脚，把阿照握着龙头的手狠狠震了一下。

菲笑着说，学俊你好大的胆子，尽敢当面冒犯我们大哥。

杰说，好了，咱别跟着瞎贫了，坐谁车都一样，这么晚了，我们赶紧回去吧，于是蹬上车就走了。

大家纷纷骑上车，菲经过小 K 身边拍拍他的肩膀，语重心长地说，小朋友，沉住气哪。

小 K 叹了口气，耸耸肩也骑上了车。

二　学俊的咆哮

菲和琦都有一共同毛病，就是唱歌，走也唱坐也唱，做题也唱，聊天也唱，骑车更是要唱。

原本琦不爱唱的，她俩一起时只有菲嚎来嚎去，但近墨者黑，琦和菲处久了受了影响，结果唱得比菲还凶，最后两个人总不知觉地拼嗓门，可谓一起堕落了。她们堕落的直接后果就是周围的人糟了大殃。

此刻的受害者就是阿照。他带着琦，琦甩着两条腿打着节奏唱Twins 的歌，菲就赶过来，和她对唱。

想想此刻的景象，七个人六辆车在手电筒拨出的光亮里穿梭。没有路灯，只有天上的星星和月亮。道路很宽敞，微风亲吻每个人的面颊。道路两边是田野，田野深处有农家，灯光点点地在远处飘缈闪烁，回应着天上星星抛的媚眼。

就是这样和谐美好的画面，但被两个丫头的歌声完全糟蹋了。阿照有点烦了，叫她们小声点儿，可是两个人却偏故意唱大声，炫耀般。阿照快被这双声道的音乐搞崩溃了，只好拼命骑车，一个劲儿往前冲，想甩掉菲。菲使足了劲儿踩踏板，却怎么也赶不上，只好作罢，自己悠闲地慢慢骑，唱起孙燕姿的"我一个人站在红绿灯前看天上……"

学俊感觉前方的声源越来越近，已经打扰了他和盛兴高采烈的聊天，他冲菲喊，别唱了，吵死了。但是菲越唱兴致越高，学俊又叫了几声，无果之后他偷偷骑到菲的身边，一把抓住菲的衣服，在她耳边大声喊，闭嘴！

菲吓得大叫"啊——"，差点没掉下车。

然后菲很生气地冲学俊喊，你干什么啊！

学俊则以更大的嗓门咆哮，别唱了！闭嘴——

在"嘴"字最后一口气息消失后，街上出现了片刻的宁静，菲直听见风呜呜的受惊吓的声音。

突然，远处不知哪里传来一声狗吠，在道路上粗鲁地传播，紧接着，第二只狗叫了，然后是第三只第四只第五只，最后好像全镇的狗都叫了。群狗共吠的声音在天空中被风吹得盘旋飘扬。

学俊是彻底被吓到了。因为这家伙一米八四的大个子却怕狗怕得要命。而且现在是他的咆哮把狗们都激怒了，他心虚。

菲看着学俊惊诧和窘迫又十分害怕的表情差得没晕过去。

琦也在前方哈哈笑着，然后陶醉地唱起"注意，踩到狗尾巴，就像触电一样……"阿照一狠心，对准一块砖头，从上面压过去。这吓坏了琦，她紧张地抓住阿照的衣服，险些掉下车来。阿照说，大姐你给我安静一点。

然后琦就乖了，顺天由命地任阿照载往何方。

小K一直在最后默默地骑着。菲发觉了，就放慢速度与小K并排，问，兄弟你没事吧？小 K 说，一般吧。然后不解地问，她为什么总是要拒绝我呢？菲说，你看大家就这样都是好朋友不是很好吗？小 K 摇摇头，问，我的纸条你看了吗？菲点点头。小 K 说，那就拜托你了。菲说，我可没答应你啊，你得让我想想。小 K 说，好的，那明早给我答复啊。菲说，你急什么，心急吃不了热豆腐。小 K 撒了点小娇，说，就是着急嘛。菲给恶心得不行，突然觉得她把那俗语用在这事上怎么有点醒龊的味道。

菲白了小 K 一眼，就骑到前面和杰聊起网络去了。

大家住不同的单元楼，平时在岔路口大家就会各自分开，但是因为今天阿照要护送琦到家，小 K 硬拉着杰一起送，盛和学俊也就发扬了一下风格，把菲送回。

菲向两人道别前稍稍叹惋了一下小 K，说大家一直都是好朋友，这样下去才是最好的，盛和学俊含混不清地笑了笑，就道别离开了。

菲踩亮了感应灯，在楼道里掏出小 K 的纸条，上面写着他的心事，他说他知道快高考了这样影响不好，而且这个月他成绩已经明显下降了，但是他实在控制不了自己，他想琦会成为他好好学习的全部动力，他恳求菲帮助他，使他得到幸福。

菲折好纸条重新放进口袋，轻轻叹气，她不知怎么跟这个傻孩子解释。

三　阿照的足球

高三的生活很紧张，卷子满天飞，怎么做也做不完。菲总是想哪天不做了，彻底放松一下，不然她真要崩溃了。

正好今天三个主课老师临时出差了，副课老师也来不了，所以班主任通知，下午三节都上体育，下周体育再把课补回来。

大家对这个消息是喜忧参半的。喜是因为终于有半个下午的清闲时光了，忧在于下周将没有体育课没有喘息的时间。

不过菲和她的朋友们都是今朝有酒今朝醉的人，不思考那么遥远的忧虑，趁着这样难得的一个好天气，到操场上痛快地玩去吧。

第一节课，打羽毛球、打乒乓球、打篮球、踢足球，每个人都挺精神的，第二节课大家体力明显跟不上了。第二节课上了一半，一半人都歇着了。菲和琦找了块干净、阴凉的草地坐下，轻轻哼着歌，聊着悄悄的小话。

突然一个足球飞过来，砸到两个女孩子旁边的树干上。树叶零零碎碎掉下，撒了她们一头，她们吓了一跳，转过身去，看见阿照在不远处骄傲地秀着自己的肌肉。菲和琦又好气又好笑，招呼他过来，说，来这边歇着吧，别再祸害了，把他们也叫过来吧。菲边说边指着篮球场上双手叉腰地弯着身子的几个人。

过了一会儿人都过来了，盛和学俊大大咧咧地坐在菲身边，阿照和杰坐到琦身边那剩下的点点阴凉里。菲伸了个懒腰，说，我想躺会儿啦。然后拿来阿照扔在一边的外套垫着脑袋，她分了一半给琦，琦跟她也一同手枕着脑袋躺下了。

好像懒惰会传染，不一会儿大家竟都躺下了，除了杰还坚持坐着，他这老封建好像还琢磨着什么不肯放下矜持呢。

菲问那害羞的杰，小K去哪里了，怎么不过来一起休息？杰说，刚一老师把小K叫走了。

菲眯着眼看了他一眼，轻轻笑笑。然后把脑袋转向右边，发现琦也正看向她，两个人默契地傻笑了一番，然后闭上眼睛各自睡大觉。

菲眯了一会儿觉得没有睡意了，就偷看身边的盛，他正翘着腿闭着眼睛嘴里咬着一根小小的草。盛左边的学俊翻来覆去找不到一个舒适的位置，他发现菲正在偷看他，冲她噘了噘嘴，然后转转眼珠想了个坏点子，又拔了根草小心地塞进盛的嘴巴里。盛发觉后，怒气冲天地捶了学俊一顿，再睡下时侧身，背对着盛，面向菲。

这下菲可有些不好意思了，侧身转向琦，看见她红扑扑的小脸上正挂着甜蜜的微笑，她大胆地伸手捏了琦的"猪鼻子"（阿照这样"赞美"

她），琦立刻醒了，狠狠瞪了菲，菲捂着嘴笑得脸都要抽筋了。突然菲不笑了，示意琦看阿照，原来阿照已经睡着了，开始打呼噜，张着嘴，口水慢慢流了下来。

菲和琦捂着嘴笑，生怕吵醒了阿照，然后菲轻声叫了盛和学俊，他们立刻起身看阿照躺在草地上睡得那么香的糗模样。谁也不敢叫醒他，因为惹怒了大哥可是要倒大霉的啊。菲发现杰在远处踢阿照的足球，就想了个坏点子，叫他把球弄过来，她示意大家全部起身，远离，然后她从远处把足球一脚踢到阿照身上。

阿照果然惊醒了，醒后一脸怒气，瞪着足球瞪着周围，突然他抬手一抹，发现自己满脸口水，这下他可是气急败坏了，躲在松树后偷偷观察阿照的同学们再也忍不住爆笑起来。

阿照顺着声音发现了他们的藏身之处，怒气冲天地走过去，大家在树后捂着嘴紧张起来。

笑得起劲呢，不知是谁推了菲一把，把她推了出去，于是她就突然独自出现在阿照面前了。

菲害怕得要命，突然就那么直接地暴露在阿照面前了，她不敢抬头看他，知道这次祸闯大了，阿照肯定饶不了她。

菲心里暗暗恨着谁在这么关键的时刻出卖了她。她求助地看着松树后的琦，琦摇摇头表示自己什么也不知道。她扫了一眼别人，发现盛笑得最奸邪，还冲她直使眼色，于是明白了怎么回事。

然后，她迎着阿照瞪得比鸡蛋大的眼睛，指着松树后的人说，都是盛的坏点子，跟我没有关系，跟我们都没有关系。

阿照大声说道，你们都给我出来。几个人战战兢兢地走出来，低着头。盛说，不是我，绝对不是我。

阿照问大家，到底是谁干的好事，是谁皮痒了？菲坚定地指着盛，盛立刻指着学俊，学俊指向菲，杰和琦犹豫了一下，杰指向盛，琦指着菲。

然后大家互看彼此指的人，心想，全糟了。

阿照很生气，但看着大家这么狼狈也快要笑出来，于是死撑着继续装酷，说，我一个一个收拾，即使球不是你踢的，你没有阻止，那也该打。

大家面面相觑。于是，阳光下发生了惨案。这五个人加起来都不是阿照的对手，男生每个都被他抱起来甩了一下，女生被他敲了下头。

闹了一会儿，大家都累了，还是躺回那片草地，安静地睡觉去了。

天空湛蓝湛蓝，除了"美好"之外，实在让人想不起用什么极致的词汇来形容。松针树层层叠叠的枝叶过滤掉刺眼的阳光，给树下的人不躁不腻的温暖。草地是新出的，小草蓬勃地吐露着生机。天空中飞翔的鸟儿愉悦地歌唱，把它们的快乐散播给更多的人。春末的空气里满是阳光青草的香气。

有一刻，菲觉得她都会融化在草地里，融化在天空里。她闭上眼睛想象从高空俯瞰她和她的好朋友们的样子，她想把这一切都刻进自己的心里，让自己记得有这么一刻，她身边有这么多人，她是那么幸福。

幻想完了，菲还是对现实里一件事耿耿于怀的，她想知道到底是谁把她推了出去，到底是不是盛，如果是盛，那盛为什么不指她。这时躺着的学俊突然开口了，说菲我跟你检讨个事吧，不然我不自首你肯定饶不了我。

说到这里，菲就明白是谁出卖她了，而且她冤枉了盛，大大地冤枉了盛，因为他在受冤后指认人时也没有出卖她。于是菲跳起来，抱起阿照的足球冲学俊砸了过去，但是她技术实在太差了，球竟然完全偏离了预期的轨道，猛地撞到阿照侧过来的屁股上。

杰目睹了这一切，如一得道高僧，淡淡地叹息说，没办法，球还是最爱自己的主人啊，菲，这就是命啊，你认了吧。

然后大家格外冷静地看见阿照翻身起来追着菲打，四个人看了一小会儿热闹，就若无其事躺下继续睡了。可能是觉得太血腥，于是不忍心看了。

其实也是看阿照教训人见怪不怪了。

最后，两个人你追我跑得累了，阿照有气无力地拍了菲一巴掌算完事，两个人返回草地。一回到草地，两人就发现，出事了。

四　菲的外套

菲和阿照原本睡在地上时，盛和琦和杰都是隔开的，他们走后，那三个人却连了起来。这时，小K从办公楼出来，被老师训了一个小时，他终于回来了。满心烦闷的他一回来就看见躺在地上的朋友，尤其是他心爱的琦竟然睡在他最讨厌的杰身边，他们还共枕了菲的粉色外套。那么任何人都可以想象这个男子当时发疯的场面吧。

无论学俊和盛怎么解释，说本来有菲和阿照在他们是隔开的，本来他们也不是枕同一件衣服的，是学俊偏要抢去琦枕的阿照的衣服，杰看琦可怜就分享了菲的外套，而且他俩也不是挨着睡，两个人的距离隔得很远很远，都能睡一个人了……大家费尽了口舌解释，但小K却怎么也不相信，偏把杰骂得一钱不值，说得很难听，还疯狂地踩了几脚菲的外套。

琦一忍再忍，最后实在忍不住了，大叫，K同学。

小K斜着眼睛看了一眼琦，琦捏紧了拳头，然后，用力甩了他一个响亮的耳光。

然后小K一脸惊讶地看着琦，忍着眼睛里晶莹的东西，转过身，跑了。

菲和阿照在不远处目睹了这场争执，菲听见那声音之后都感觉自己脸上火辣辣的。他们跑过去，看见琦也跑了，杰就站在那里，不发一言，脸红了，眼睛里满是愤怒。

菲看了一眼杰，去追琦了。一直追到学校里那个小小的湖边上。琦再也忍不住，哭了出来。

菲知道事情闹大了。温柔的琦从来不会出手打人，连骂人都不会，她从来没有跟人红过脸，一向和气。菲也没见过琦哭，因为琦是个乐观的人，出了什么大事都能够化解。

现在，看这局面，真是完了。

菲不知能对琦说什么，掏出面巾纸帮她擦眼泪。过了一会儿，琦停止哭泣了。菲说，对不起。琦说，不关你的事。菲说，怪我，我原先就不该叫大家一起来休息，后来我也不该踢到阿照屁股，害她来追我，害得你们的格局变了，最后还怪我，跑了半天都没让阿照追到，其实让他打一下又怎么样呢，我应该早些回来，那么小K一过来也不会看见那样的情形了。琦听到菲说"踢到阿照屁股"时忍不住笑了一下，然后又气愤地说，不怪你，都是那个疯子，说的都是什么啊？真是气死我了，他不分青红皂白就什么都乱说，他凭什么啊。你听见他骂杰的话了吗，哪一句不是在侮辱我！

菲轻轻咬着下嘴唇，真不知该说什么。

菲好不容易才把琦哄回去，琦不哭也不生气了，但她说她再也不理那个疯子了。回到教室发现杰塞着耳机在做英语题。一问其他人，他们都说杰说了今天不想说话，于是他们也不好打扰他。

学俊把粉色外套拿给菲，说，我拍了半天，还是很脏，你今天别穿了，回去洗洗吧。

菲把这一切误会的原因归结于自己，于是她说了声谢谢，就随手把衣服扔到楼下了，说，都是它闹的，叫它滚吧。

扔完，学俊就那么直愣愣地站在那儿。过了几秒，菲突然意识到这样做会让学俊很难堪。于是看向他，说，对不起，我很感谢你，但是，我，我无法，原谅它。

学俊还是那样面不改色地站着。菲有点慌了，立刻明白了，于是撒腿跑下了三楼，拾起了衣服咚咚地跑上来，气喘吁吁地对学俊说，谢谢你，我回去洗干净了，过几天穿。

菲勇敢地看着学俊，怕他还有什么想不开的。过了一会儿，学俊平静地说，这事不怪你，更不怪它，记住了吗？

菲使劲儿点点头。

转过身时，她突然有点感动。

她觉得，学俊是长大了。

五　盛的一顿饭

整整一个星期过去了，小 K 保持着特立独行，不和大家一起骑车上学放学。上课回答问题时，小 K 表现得很积极，做出一副目中无人的样子。遇到别人做错了，他会坚决地不依不饶地批判。杰已经和大家说话，处得和谐些了，只是面对琦的时候，还是有些闪躲。琦是很健忘的人，不把烦恼放在心上，早和大家正常相处，只是杰有时明显的躲避让她有点不高兴，而小 K 要死不活的样子，她是绝对不屑的，只是上课小 K 作怪时，她会冲菲皱皱眉，做出讨厌他想打他的表情和动作。菲也用类似的表情回应着，这样，上课还多了些乐趣。

琦的妈妈还没有给琦买自行车，因为琦太挑剔，嫌这样那样的车不好看，她妈就烦了，说明天进来新车，你再看不上咱就不买了，你自己走着上学吧，反正也没有两个月了。

琦跟菲说这件事的时候菲真想抽她，一个星期都买不到车，是够挑的，再出于个人考虑，菲做了她一个星期的苦力了，阿照说她长得很"实在"，她现在是深刻体会到了。

这时菲把她快送到家了，而琦又一遍跟菲叨唠没看到好看的车时，她们惊讶地看见她那紫色歪脖子小车竟然安分地停在她家楼下！

她们当时都吓到了。琦一面看菲一面看车，不知怎么去鉴别这不可思议的事情。她车明明是在学校丢的，而且都一个星期没有见过了，现在这车竟然就停在她家楼下，这怎么可能！她仔细检查了一下车，油漆掉的地方正是那里，车龙头中间还有她六年前亲手绑的心形小铁丝。车唯一变的地方就是龙头不再歪了。

琦不停问菲怎么办怎么办，明天买新车，今天这旧车跑来不是成心搅局吗？难道是阴魂不散坚决阻止主人抛弃自己？菲看着琦又想哭又想笑的表情，但菲想她应该是更想哭。

琦正在为这事一筹莫展的时候，听见四楼她家保险门被打开的声音。她冲菲说，坏了，一定是我妈下来遛狗了，你赶紧帮我把车推走，不管怎样，别让我妈看见。先推到你家楼下吧，怎么处理它下午再说，赶紧先帮我推走啊!

菲听见脚步声和小狗的铃铛声越来越近，紧张得连车都推不好。菲正要走，突然想起自己的车子，就小声问琦，我的车子怎么办。琦稍想了一下，就说，我不跟我妈说是你的车就是，如果她一定要问的话我就讲今天我送你接你不就完了。菲听后觉得有道理，那一瞬间她觉得琦还真有点骗人的天分呢，然后对琦做了个鬼脸，就推着车子，准备走。然后被琦喝住，说从那边绕，不然我妈会看见的。菲只好绕过一栋楼房，推着破车走了。远远的隐约听见琦的妈妈亲切地叫她"琦琦"，然后她甜甜地喊"妈妈"。

那瞬间，菲真佩服琦啊，心想这家伙跟他们处久了，不仅学坏了还出师啦。

下午琦把菲的车推到菲家楼下叫她带她上学。菲奇怪说你自己怎么不骑，你怎么不能带我啊。琦无辜地说，你试过了，可是你车龙头是歪的，向左歪，我没法骑。菲不服气，正想说你那破车以前也是歪的好不好，琦就解释，说，我的车龙头也歪，可是向右。平时换骑别人车时不觉得，但是从我那样歪换到你这样歪，难度就很大了。

菲听得真是汗了。回忆一下两个人的车龙头怎么成了那副德行，才想起三年来，她习惯骑右边，琦一直骑左边，两个人又喜欢头凑一块儿说话，于是日积月累，车龙头都被感染了。

菲琢磨着觉得很逗，然后想起琦的大事，问这破车该怎么办。琦低声说，我刚跟盛交待过了，一会儿我们一走，他就会过来推车，我叫他把车推到一个远一点的地方去，我妈妈不认识他，应该没有事的。

菲说，看来你是狠了心不要老车子了。

琦说，是啊，明天我的梦就要实现了，我怎么能让这个车打乱我的计划啊。

菲看着她，觉得琦自豪的样子有点野心家成就后的模样。菲笑笑，就带着琦走，想想明天她就能摆脱每天四趟运输的活了，心里挺高兴。然后她想，琦的新车会不会给她骑得又歪了脖子呢？

下午上学，盛迟了点到，第一节课下课，琦就冲过去问事办得怎么样了。盛阴着脸说，办得不好，撞到你妈了，我只好说车刚找到，然后就给她欢天喜地地推回去了。

琦听后跳了起来，大叫，盛你搞什么啊！

盛若无其事地说，能怪我吗，你的车阳寿未尽，我有什么办法。

琦急得直跺脚，说你办的什么破事！本想办了这事请你吃饭呢，但是现在，砸了！不请你了。

那如果不砸你就请我吃饭是吗？盛一脸惋惜地说。

那当然啊，你知道我为了一辆新车花了多少心思吗！本想请你吃饭庆祝一下，但是现在什么都没有了。琦委屈地说。

如果没砸呢？盛突然一脸邪气地问。

怎么没砸，我妈都推回家了。琦嘟囔。突然她看着盛邪邪的脸，惊喜地问，是不是你已经销毁了车了？你刚才骗我的对不对？对不对！

你说呢？盛还在装。菲在一旁可是完全看出了名堂了，她捂着嘴偷笑，盛看了她一眼，眨了眨眼睛。

这下琦脾气可上来了，拉着盛的衣服不停扯，嚷嚷，你给我说实话！你给我说实话，你急死我了，你再急我可没有饭吃啦！

盛这下也忍不住笑了。然后坐正了叫琦松手，琦说，不说实话不松手。盛故作镇静说这样影响不好啊，一会儿给人看见……他记起上周那件事，不敢说下去了。菲听出了他止住这句话的意思，而琦全部心思都在她的破车究竟有什么结果上，所以没有注意他的话。

盛闹不过，正正经经地说，刚才都是我编的，骗你的，实际情况是我骑着车把你的破车带到了很远的地方，然后扔到一个垃圾场里了。我走的都是偏僻的小路，没有遇见熟人，更没有遇见你妈。

是真的吗？你确定没有骗我？琦问。

干吗骗你啊？我要吃饭的好不好？盛这样彻底暴露了自己的那点鬼心思了。

琦这下高兴了，不管盛了，跳起来说，哈哈，明天就买新车啦！我的破车永远地消失啦！

菲也一起笑了，蹬了眼盛，盛也看了眼她，有点不好意思。

六　小 K 的信

琦终于拿到漂亮的新车，她终于如愿以偿了，但是骑了一个月后她发现新车特别不好骑，车坏了好几次，不是链条掉就是螺丝掉，蹬起来腿也不舒服。琦一个劲儿地跟菲抱怨，说有点怀念那辆破车了，说那车虽然不好，但不至于这样烦人。

琦以两顿饭的奖酬要盛去垃圾场找回他的车，但是盛拒绝了，因为这绝对是不可能的事情，他可不会为不可能兑现的奖励去浪费时间。

所以，菲还是三天两头地带琦上学放学。菲偷偷为盛的奖励加到了三顿饭，这位神仙还是无动于衷。

还要一个多月就要高考了。同学们的精神都多少有些迷惘和恍惚。即使每天都和同学们处得愉快，但客观的压力实在免除不了。

这时，菲发现那位飚了一个月的小 K 同学，终于，消退了学习的疯狂劲头了。

她在家怎么也找不到小 K 曾经写给她的小纸条，虽然她确定自己没有丢弃。

其实她并不是不理解小 K，喜欢一个人并没有错，他请菲帮忙也实为无奈之举，他看见杰和琦睡在草地上，大发雷霆也不是纯粹的胡闹。

可是在菲看来，小 K 就是一个孩子，一个太天真的孩子，他开心与不开心都会放在脸上，毫不掩饰自己。她当然可以原谅一个孩子，但是她不能帮他什么，一点忙也帮不上。

她也不能直接告诉小 K，我们七个人早就成了一亲密的整体，我们彼此间都有种特别的感情，如果要让这个集体稳定，那么条件就是不能挑明藏在心里的小小爱情。

一天小 K 给菲塞了一封信，很长，大体追忆了过去一个多月的经历，说了后悔的事，说了歉意。说了曾经很恨她不肯帮他的忙，但是他现在能接受和理解了。他还说依然喜欢琦的，希望她和杰都不要再生他的气，他想和大家做回好朋友。他说那天他发了很大的脾气，因为老师跟他谈了一个小时沉重的话题，那时他急于寻求帮助，他很想为自己对琦的一片真心在这兵荒马乱的年代讨个说法，他带着求助的心情去找琦，但是却看见那样的场景，琦和杰脸对脸笑得那么开心，他无法承受，于是骂出了最狠毒的话，他只是想告知别人自己的痛苦，却没想到，那样却给那两个人造成了深深的伤害。他说他想过退出，用美好的祝福去看待杰和琦。可是他观察了一个月，大家都没有什么动静。现在他想走出自己独自的生活牢笼了，他想回到我们七个人的大自然……

小 K 的信很长很长，菲看得快睡着了。想到这孩子也是狠下了番功夫，去尝试理解别人，去体会友谊和写这封巨长无比的信，菲还是坚持着不睡，以表示最大的尊重。

菲觉得小 K 进步了，但是还是很多地方想法不对，她不想去纠正他，但是她清楚，必须给他成长的机会，虽然，这个冲动的孩子还有可能做出伤害大家的事情来。

她回信写了无数遍，怕怎么写也写不妥贴，最后就写了几句话：

你的信我认真地读了几遍，你不要担心，我们一直都在等待你回来，因为你是我们的好朋友，你是我们独一无二的小 K。过去的事情，都可以忘记，未来才是更重要的。

PS：放学大家一起走吧。

放进小 K 书里的一瞬间，菲有点心慌，她怕这个孩子会误读她，可是，不给他读的机会又怎么行。

七 杰的承诺

还有半个月就要高考了，现在七个人的状态都还不错，学习的状态很饱满，有张力，感情的故事也没有什么更新。只要小 K 能沉住气，其余几个人都是不愿多说什么的。

不，这话不对，表面上的确不多说，但是，私下里可以说。

杰给菲传小纸条，如果学俊和盛都喜欢你，你怎么办。

菲传回去，你疯啦？不可能的事情好不好？

就是说如果嘛。

没有如果，我只想听肯定的事情。

其实真的也是肯定的事情。

什么事？

你装什么傻？就是他们两个其实都喜欢你的事情。

好了，你现在怎么跟小 K 一样神经兮兮啦？我还以为你比他成熟呢。

原来你喜欢把我跟他比啊，那我郁闷咯。

郁闷啥，人家虽然傻，但你不能看不起人家。菲在写这句时特心虚，怕万一小 K 看见了要杀了她。

你就是不肯回答我。

好了，回答你就是，如果有这种如果，我就不怎么办。

什么不怎么办？

好啦，这不是不可能的事情啦，我们都是好朋友好不好，别跟小K一样把自己脑子弄昏了。菲还是喜欢把小K拿出来说事。

嗯，我明白你的意思，不过我跟小K不一样，我把朋友的关系看得更重。告诉你一个秘密，那天你和阿照走过以后我和琦睡在你的衣服上，我那时真的好开心好开心。当时我给琦说个笑话，她笑了，很美很美，我脸红起来。我很希望那一刻时间能够延长，但是小K走了过来。他开始怒气冲天地骂我，那时我紧紧攥着拳头，我多么想告诉他，我就是跟他抢怎么样，我就是喜欢琦怎么样，可是我拼命忍住，我知道这样说出来，我们大家都完了，我们七个人就碎了，我将在琦面前再也抬不起头。我唯一能够做的就是忍着忍着，最后琦忍不住了给他一耳光。我当时很惊讶，也突然很开心，可是琦跑开以后我就彻底地心痛了。我知道还是我做错了。

菲看见这些话很震惊，其实她一直也能感受到，只是今天杰帮他证实了。她突然有点心痛，杰对琦的感情要远远大于她，她心里有小小的不平衡。

然后她传纸条说，你没有错啊，其实谁都没有错。有些感情我们衡量不清，只是因为我们年轻，那不是错误。

杰说，也许你说得对吧。不过现在我什么都不想了，我现在只想赶紧把高考给过了。

是啊，现在在我们面前的确是这个最重要了。

那我们的友情放第几呢？

高考和友情又不矛盾，为什么要排先后呢？

呵呵，也是啊。有时我觉得你真的很好，很善解人意，真的。

可是我不是琦啊，在你心里位置还是不一样的。

怎么，你吃醋啦？哈哈。

臭美啊你……

认真地说，我想和你做永远的好朋友。

永远是多远呢？

你还真较真儿哪。我也不知道永远有多远，要不我们定个见面的期限吧。二十年我们聚一次，确认一下，不就好了？

呵呵，这算是给我的承诺吗？

当然算。

那你能给琦什么？

这真是个难题，你难住我了。

好了，慢慢想吧小东西，你可以在二十年后告诉我，我能等的。

那好啊，就这么说定了。记住今天的年月日啊，二十年后见面可要准时。

你也要记住啊。老师看了我们好多眼了。咱不聊了吧。

嗯。下次再聊，今天我很开心。

拜。

告诉你，盛和学俊真的很喜欢你，他们分别对我提过。别看盛表面对琦好一些，其实他对你才是真的喜欢。你开心吧？

好了，谢谢你八卦公，拜。

菲把纸条最后塞给杰的时候，的确很开心。她想，她会永远记住身边这样的好朋友。

她琢磨着杰最后的话，心里的小花是朵朵开来着，但是她知道，这的确不能再挑明啦。小K的勇敢只能给大家带来不快，既然盛和学俊在装，她也就继续装下去吧。

她想，七个人能够彼此间体谅，宽容，彼此成全，如此难得。她希望这份感情能够走得很远很远。

她抱着那个二十年的承诺，幻想着未来。

她对自己说，我们会做二十年，四十年，六十年，八十年，我们做一辈子的好朋友。

后记

我知道，你们都没有走远。闭上双眼，我感觉你们都在我身边。

作者简介
FEIYANG

　　胡婧慧，笔名猫七七，女，1988 年春季的一个雨天生于安徽安庆长江中的一个小岛，自己管那岛叫桃花岛。喜欢新鲜事物和传统生活。喜欢古朴真实的东西，喜欢阳光，喜欢唱歌，喜欢躺在草地上睡觉，喜欢自在随性的生活。2003 年开始在《少年文艺》等刊物发表文章，（获第七届新概念作文大赛二等奖）

葬心 ◎文 / 项雨甜

路灯和车灯低头俯身，它们暖黄的身影温情而宁静。

在这个寒冷的初春夜晚，她到达这个陌生而熟悉的城市。下车时好像有一条冰凉的丝绸滑过她的双腿。她站在那里，手上没有过多行李。不断有出租车缓慢地驶向她，耀眼的车灯照亮她的脸庞。他们探出头来问，坐车吗？

她只是摇头。同她一起下车的人早已不知去向。那些穿着深色衣裳，在车上大声讲电话的中年男子目的明确，下车后就消失不见。戴眼镜的青年，面容憔悴的年轻女子下车后被人接走。只有她，南南，站在那里，一动不动。

又一辆客车开过来。迫近时，显得如此庞大。她向后退几步，想起方才同样车厢内的窘迫和狭窄。两部电视分别吊在前、中部，嘤嘤地放映着一部曾经红极一时的古装电影。她看过。眼睛半闭半睁，屏幕只传达给她色彩的感受。凄清的洁白，他们的裙裾飞扬在山顶的白雪之上。谁的血红嘴唇却在诉说着纠结的爱恨情仇。车上有人直起身来，探身观看。有人大声说，司机，声音放大点。

现在，她站在这片宽敞的天地，竟有些不适应。身体太渺小，太轻盈，仿佛忽然间没了依靠。这辆客车开过来时，本来静默散落在角落或者路灯下的人们突然一拥而上，挤在车门前，闹哄哄地。他们问，住店吗？去A城吗？

她仔细地听着那些陌生的地名，全部都没去过。

一阵，人潮散去。一切又恢复宁静。刚才一拥而上的人大概早就注意到了这个深夜独身一人的少女，她看上去像是在等人，却又等了那么久。有人走近她，问，住店吗？

她显然是被突如其来的询问吓住，愣了一下。眼前这个矮小的中年妇女，穿着绛红色西服式厚外套，颜色模糊的毛衫。路灯的光亮打在她脸上，竟然光滑得像没有一丝皱纹。她轻轻摇了摇头。

她似乎想起什么，转身走向她右手边第三棵树。树上孤零零地挂着几片树叶，灰色树枝纤细地委屈地曲折着，仿佛风再大些就要折断的样子。树干上密密匝匝缠绕着麻绳，方形护拦高高围着它。

她伸出手来，手指一根根触摸这棵瘦弱的树。手指的触感如此清晰。是干燥的灰尘，和年岁久远的结块泥土。

一张洁白的信纸赫然出现。黑色钢笔字迹模糊着，凝固着，忽大忽小。她看见那上面的字活跃起来，带着温情和细腻地诉说着，南南，今天我从车站出来时，遇见一棵树。它被穿蓝色工作服的工人扛在肩膀上，它的根部粘着不知来自哪里的泥土。我目睹了它被栽下的全部过程，误了打电话给你的时间。

走过狭窄的楼梯，矮而微胖的中年男人为她打开房间的灯。床，电视，拖鞋仿佛没来得及遮盖就突然暴露在一片光亮中。男人交代几句，转身离开。她站在门口，闭上双眼，关上灯。

这房间没有窗户。床头那面墙的顶部挖空一小块圆，隐约可见一个换气扇。静止。她坐下来，床很软。只是软得有些虚弱，她的疲惫甚至不敢松开绷紧的身体。手边是遥控器，黑暗中她摸索着那些突起的按扭，按下左上方最大的按扭。寂静的房间陡然有了声音和光亮。那团微弱而荧蓝的光斜斜投向她，她坐在这团光里，额发凌乱，面容憔悴。长途汽车一路的风刮起了每寸土地的油水和灰尘，沾染她裸露在风中的脸。电视里放着夜间纪实节目，女人皮肤黝黑，短发，瘦，掩面而泣。记者眉头微蹙，眼镜后的小眼睛似乎有同情。她看到女人橙色衬衣领上因哭泣而抽搐的筋在颤抖，眼泪从手掌根部滑落。她突然摁下遥控，关掉电视。

她走进洗手间，弯腰用凉水洗脸。抬起头时，看见自己面颊通红。黑眼圈和细纹，出油的头发。她意识到自己需要洗个澡。

水篷头似乎已经很久无人用过。刚放出来时，竟是泛红的锈水。被暗黄灯光打亮的墙壁上出现细密水迹，氤氲的热气缓慢升腾，淹没她。她蹲下来，双手环抱膝盖。每个毛孔都醒过来。它们说，冷。每一滴热水都召来了冷。过了很久，温暖才完全覆盖她。

床是冰凉的。她在一片黑暗中蜷缩起来，枕头的被子的味道陈旧而陌生。耳边有个声音说，你来了。

她看见自己躺在谁的肩膀上，双唇干燥。水杯递到嘴边。那也是一片黑暗。小小的鼻子和小小的眼睛如此迫近。一双濡湿的嘴唇轻轻靠过来，迟疑片刻，贴在她的额上。熟悉的头发和脖子的味道，让她安然入睡。她从来不知道，自己睡着时的姿势是怎样。她也不知道，身边的人怕惊醒她而一动不动，手脚发麻。她只是很快入睡了，也许还有问题没有回答，就闭上眼，沉沉睡去。她身边的人睁着眼睛，困意全无，听她在耳边打轻微的鼾，看她面颊微颤地磨牙。这一切她从来不知道，就像没有人知道她梦里到底出现了谁。

只是当她睁开眼，却是独自一人在此。陌生的旅店，陌生的床。耳机已经脱离耳朵，混乱地滚落在枕头缝里。仑，你曾在这里住过吗？为什么我闻不到你的味道？

她不知道现在是几点。眼睛酸涩，不愿意开手机。《葬心》遥遥又近近地飘摇着，黑暗中她找到耳机，塞进耳朵。

那是什么时候，她靠在你肩膀上说想听《葬心》。她失望地发现你没有下给她。于是她自己唱。深夜的出租车，女司机，在陌生的城市，她的声音带着隐约哀伤涩涩升腾。她无声地流下泪。你仿佛早已经料到她会如此，轻轻叹口气，用手拂去她脸上的泪。她等着你问原因，但你只是沉默。你从包中掏出酸奶，问她晚上吃饭了没有。她点点头。

你的动作停止了，透明吸管握在手里不知再往哪放好。

她伸出手去，扎破酸奶罐，抬起头来，对你笑。吸一口，泪水还挂在脸上，说好喝。

这个时候，她一人躺在暖了很久仍然冰凉的床上。她感觉到自己用力地拉着一扇门，源源不断的洪流向她冲来，向门冲来。但她固执地不肯开门，不让一滴水泻出。

她听见自己的心里喊着仑的名字，露出孩子般的笑容，你怎么还不来带我走。

她不记得自己是怎么睡着的。推开房门，强烈而白亮的晨光刺痛她的双眼。从逼仄的空间走出来，她的身体像浮在空气里。空旷的道路上没有一片纸屑，许多店还未开门。通往校园的路上没有一个人。

所有的人似乎都长着同样的面孔，穿着同样的晦暗衣裳。冬季的早上的干燥而让人无所适从。她低头看见自己的一双鞋子。一刹那，她仿佛看见仑的一双洁白鞋子也和她并排，和多年前一样。

那似乎是夏季，在南南的记忆里，那是多么美好的季节。那是晚自习，尽管毕业迫在眉睫，她却并没有认真听讲台上的化学老师讲课，墙上有许多小飞虫，全部用透明胶贴住，翅膀微微折裂。她转过头去，指着墙上斑驳的一片给仑看。仑笑了。

这时他是十五岁的少年。已经习惯在上课的时候接到她传来的纸条，上面写满带着哀伤和怅惘的话。有时候他感到迷惑，这样一个明媚的女孩，为什么钻心于这些狭窄的、绵长的情绪里。同时他又醉心于她叙述的朦胧，那种沉默的，只有动作的情节中，他似乎能看见一张模糊的脸，出现在他的梦里，他的想象里。他心甘情愿地每天放学后陪她在拥挤的人流中走相反的路，去推自行车，心甘情愿地给大意的她跑回五楼的教室取钥匙。有一次他在正午飞快地跑回快锁门的教室，却并没找到南南的钥匙。当他沮丧的回到南南面前，却发现她手里拎着那串钥匙，闪闪发光地悬在空中，后面是南南一脸无辜的笑。

他感觉自己被耍了，可是却发不出火来。

他们在上课的时候说话。语文课上，老师说，翻开阅读第九十页。南南戳戳仑的背，小声说，转过来，转过来！

仑缓缓地转过来，南南打开她空白的九十页，低着头说，装你没带书。

语文老师从教室门口处慢慢踱过来，走到仑身前，敲敲他的桌子，让他回答第问题。

仑站起来，望着一片空白的书，仔细回想自己的答案。可是徒劳。他甚至说不出一句话。

老师问，你们谁没带书？

仑很快回答说，我没带。

南南抬起头来望着仑，他没有看她。她突然觉得有些难过。她感觉到了仑对自己的保护，强烈地。

那天，南南回到家，和往常一样，给仑写了一封很长的信。除了同样的忧伤以外，她用了适量的笔墨来谈论他们之间发生的一些细微小事。最后说很想一直和他这样下去。

仑是在第二天中午打开那封信的。南南的字有些大，笔锋带着随意和用力，仿佛每一笔都充满了感情，又仿佛每一句都在挣扎着什么。洁白的纸在明晃晃的太阳下展开，仑的眼前浮现了南南美丽的侧脸。他反复地读着有关他们之间的话，双手无法停止颤抖。他重重躺在床上，努力地想着南南，尽管她的脸一片模糊。

南南的青春开始得温婉而沙哑。和所有女孩一样，她乐于沉浸于或许并不存在的忧伤里。在她孤独的忧伤里，有一个目光一直在陪伴。她需要一个观众，去倾诉去表达，而仑恰巧充当了这个角色。仑是安静的，理解的，即使开始他搞不懂为什么她有那么多的悲哀，搞不懂那些生僻的词语从何而来，但是为了她，他亦步亦趋没有放弃融入。在仑的眼里，南南就像一片热带雨林，热烈而潮湿，色彩浓郁。

毕业后南南离开了那个城市。她走之后，仑觉得一切都空了。上学不再有意义，写字也不再有意义。他在熟悉的路上一遍遍行走，一遍遍思念着一张模糊的脸。他甚至不敢相信这是真的。这时候他十六岁了，没有南南的新的高中并没有激起他本应有的热情。他常常独自坐在操场上，看着散场的篮球赛，看着落下的夕阳。他觉得南南应该也在看着它。想到这些，他热泪盈眶。

第一次收到南南从远方寄来的信，是在许多次人群中抢信未果的一个上午。他没带希望地站在人群里，有些机械地翻着那堆花花绿绿的信封。南南的洁白信封有些刺眼地跳出来。

他漫长的高中生活仿佛是在等待中度过的。他急切地在每个收到信的晚上熬夜写信。他甚至打草稿，或者记下每个生活的细节，然后再全部写入信中。只因为南南在那边说，想家。他把每天的饭钱省下来，每周六给她打两个小时的长途电话，无论春夏秋冬。他手握着冰凉的路边 IC 电话，吹着寒风，冷得发抖，听见南南在电话里哭泣，他哆嗦都不打。炎热夏季蚊子在他的胳膊上安家，南南在那边笑，他也同样在这边笑。因为南南，他有了写日记的习惯。每一句话，仿佛都是对着南南说出来的，带着亲昵的语气，带着一份讲述的急切。景色是美的，因为有着南南。声音是美的，也因为有着南南。每年最美好的日子是暑假和寒假，只因为南南会回来。她的归来，在仑的眼里，仿佛是把城市涂上了鲜艳的油彩，连光芒都变了曲线。他远远看着南南，穿一身白色衣裳向他走来，在冬天，在夏天。他的世界也只有冬夏两个季节了。她轻轻地缓缓地靠过来，在他的肩膀上，在黑暗的楼道口，在寒冷的冬季夜晚，她无声地流出泪来。多年前，他只看见她无忧地笑，如今她越来越多地哭泣。他并不知道如何是好，只是迟疑着把手搭在她的背上，轻轻地。他知道南南最喜欢夏季，他也一样，因为暑假是那么长，长得可以看到许多天的南南的笑容。

高中的最后一个夏天，在仑的眼中或许是梦的开始，因为在南南的眼神里，他看到多年来等待已久的东西。或许，也是梦的结束，因为他们仍旧没能在同一座城市。那个夏天他们的影子相连贯穿整个城市的街道，南南的青春或许太漫长，漫长得让她余伤未了，习惯性地在夜晚哭泣。

而仑的青春因为南南而充满承担，他抱着南南只觉得她需要照顾，是个怎么也长不大的孩子。

他的梦开始延续，梦是白色的，发亮的，梦里一片未来的虚幻光芒。南南的笑容是他的双手捧出，她在奔跑，一路欢笑一路回头。

可是南南对此一无所知。她熬过了寂寞的高中生活，大学正在向她招手。她是勇敢的，勇敢地爱上了另一个人，她是勇敢的，勇敢地在电话里对仑说，我们分开吧。

仑短暂地沉默了几秒，只说一个字，好。

南南顿时感觉轻松了，她想仑的爱太沉重，像一条绳子，紧紧拴住她，让她无法远行。她抖抖羽毛告诉这个世界说要出发了。她忘记在深夜的哭泣和喜悦里是谁在不间断地陪伴，她忘记在漫长的黑暗的青春岁月里是谁在身后一直凝望。或许她没有忘，在一片新天地里，在临近冬季，与仑分隔两地后的两个半月后，她要去主动地爱了。

南南仿佛热烈燃烧着自己的青春，独自在夜晚因为新爱之人的粗暴而黯然神伤，做着黑白的，同样悲伤的梦。

她记得自己最喜爱的是夏季，如今她捱过那个漫长的冬季，在那份新的，浮躁的，反复的爱里颠沛流离的冬季，她终于潜逃了。坐上长途汽车，她给仑发了一条短信，我晚上就到你那里。

陌生的城市里，仑的熟悉身影，让南南觉得温暖而安心。

仑问她，你来这里，是散心的么。

她笑，我是来葬心的。

她坐在他校园的秋千上，说，你推我一把啊，我想荡起来。

回到那个拥挤的城市，南南觉得前几天，有仑的日子，比梦还虚幻。她看见大学里的川流不息的人，车，不停生长和枯萎的植物，看见奋不顾身爱上的那个人，觉得一切都难以改变。

她又沉溺了，她的沉溺让仑疯狂了。仑本想给她一个惊喜，在那个南南一生都无法忘怀的春天，他出现在她身后，看见她和另一个人相挽在街头。他告诉自己一切都有得解释，于是拨下南南的号码，他看着南南在他前面掏出手机，说谎。

他最后说了一句，南南，我就在你身后，你穿着白色的衣裳。你最后还是骗了我。

春季过后，夏季又至。整个夏季没有仑。那年没有秋天，至少在南南的记忆里是这样。她去仑家里，楼是空的。她找不到仑。她坐在地板上哭，流了很多很多眼泪，她以为仑会出现。从前在她悲伤的时候，他从来都不会缺席。可是这次，他却缺席了。

她的心在青春的尾巴上摔伤了，一个又一个细小的伤口裂开。每个裂口涌出的鲜血里都是仑悲伤而绝望的眼神。

她独自踏上仑短暂居住的城市，再一次。是上次去的一年之后。她打开曾经住过的旅店房门，阳光苍白而耀眼。她不知道仑到底去了哪里，她也不知道来这里的目的。她觉得一切都是空的，只因为没有仑的存在。

冬季的早晨如此干燥，她低下头去，习惯性地看着自己的鞋子，洁白的。她仿佛分明看见仑的一双白鞋，和从前一样，与她的并排在一起。

她久久低着头，闭上双眼，想象仑站在身前。是的，仑好像真的在。

她伸手去抱，仿佛抱到了熟悉的他。不管那是真是假，她不愿再睁开眼，是这个拥抱，太温暖。

作者简介
FEIYANG

项雨甜，女，80年代出生，现居上海。（获第五届新概念作文大赛一等奖，第七、八届新概念作文大赛二等奖）

口琴  ◎文/小饭

引子

有一年夏天，我的叔叔让我猜迷："半山腰上有个贼——不吃不喝也挺肥——不晒太阳也挺黑……你猜！"我闷了半天，还是没猜出来。叔叔见我一脸茫然，自顾自哈哈哈大笑了三声，拂袖而去。猜什么呢？猜什么你都没告诉我呢，我的叔叔！

一

那几年，只有在夏天，人们都穿着短袖在农田挥汗如雨的时候，我才能看见我的叔叔。我叔叔是本村第一个中专生，因而他有着与众不同的人生。本来在十八岁的时候，他应该学一门手艺，或者是泥水匠，或者是油漆匠——不然就只能照顾自己家的田地。可他不是，他居然考入了一所外地的中专。那些年，我叔叔是个经常远行的浪子，是在郑州念书吧，但是他喜欢到处旅游。他头顶着一块假发，在武汉的黄鹤楼，在华山，在趵突泉……在各种名胜古迹中都留下了他的照片。这些照片被夹在家书中来到我的家里，通常是爷爷率先看，然后轮到是奶奶，然后轮到是我爸爸……然后我爸爸就假模

假样地拿着信封和照片给我看。为什么说我爸是"假模假样"的呢？因为他根本就不识字，还在那里装，仿佛他看懂了什么似的——我爸的命运在我们村是主流的，十四岁之前他在干吗我不知道，十四岁之后他就跟了一个师傅开始学泥水匠的手艺，学得还不错，很快就能跟着包工头到处打工，22岁那一年，顺利地跟我妈成婚，然后就有了我……他不识字，我想，他能看懂的，只是那些照片吧。事实上那时候我也不识几个大字，跟我爸爸一样，我也只爱看那些照片。我对我叔叔在那些照片里留下的灿烂笑容记忆非常深刻。多年以后，当我问到我叔叔为什么要戴着假发拍照时，他说："那不是假发，是真头发！"

说起来，我们一家亏得我爷爷识字，他早年读过一阵子私塾，但后来也不知道干吗去了，反正从我懂事开始，他的职业一直是给村里的田地放水，一年当中只有春夏之交他格外忙；其余时间他就靠抽烟和看人家打麻将打发时间。我爷爷看了信之后就跟我们讲讲我叔叔在信里面都写了些什么，向谁谁谁问好致意等等；爷爷不仅会看信，他还会看信封上的邮戳。那次在我爷爷看了邮戳之后他就骄傲地告诉我们一家人："我知道国庆最近在哪儿！他在长沙。"接着，我们就打开电视机，中央电视台的天气预报，我们就等着播报员告诉我们长沙的天气如何。那几年，我叔叔走到哪个城市，那个城市的气象就会令我们全家关注。事实上我叔叔不仅给家里寄信，有时候他还会邮寄一些土特产之类的南北干果。当然，我要说的不是吃的——那次，我叔叔邮寄回来了一个包裹，包裹中是一只口琴。看来我叔叔在信中已经委托过了，我爷爷把这个口琴交给了我爸爸，然后我爸爸又跑到我面前，把口琴交给了我。那时候我呆住了，这么好看的东西，我以前从来没见过呢。口琴的一半是绿色的，是塑料；另一半银白，是金属。这只迷你口琴只有一个巴掌那么大，很快我就对这个很文艺的通常只有在电视上才能看到的玩意儿爱不释手。似乎不用教，我试着把嘴巴凑上去，随即那玩意儿就发出几下刺耳的声响。我又高兴坏了，仿佛自己是一个天生的音乐家——呼气，是这种声音；吸气，则是另外一种音色……那些天，我天天坐在我们家阁楼上，看着远处的小桥流水和绿色庄稼，装模作样地吹奏。为什么是"装模作样"的呢？因为我其实根本不会吹，是瞎折腾。我的确是装模作样的，模仿某种表情，模仿某种情绪，仿佛自己已经成为了我的叔叔，而他正思乡心切。我心想，远方的叔叔想家的时候，也会这样吹吹口琴吧。

吹口琴是很费力气的，一天下来，那个口琴变得湿嗒嗒，并且充斥着我酸酸的口水味道。不可避免的，我的两个腮帮子也生疼生疼。有天晚上，我托着我的两个腮帮子，把我腮帮子疼痛的事情告诉了我妈，我妈非但没有安慰我，却责怪我为什么不好好迎考——吹什么口琴。虽然我成绩已经够好了，但我妈希望我能更出色，像我叔叔一样成为一个有知识的人。"你叔叔是中专生，你好歹给我弄个大学生吧！"我妈对我说，然后她就没收了我心爱的口琴。"这口琴怎么这么臭！"我妈拿到了口琴之后很没必要地嗅了嗅它的气味，然后就问我。"哈哈，都是我的口水味道啦，好妈妈，帮我洗洗。明天再给我吧。"我调皮地说。事实上第二天我妈根本没把口琴还给我，她要我考试考第一名。"不是第一名我就彻底没收了！"但那次我没有考到第一名……多年后，我在我们家阁楼一个储物箱里又一次找到了这个口琴，打算把它回赠给我的叔叔——那时候我觉得我的叔叔需要这只口琴。当我伸手要将口琴双手向我叔叔奉上的时候，我觉得我妈当年肯定是帮我洗过了，不然它怎么会生锈？

二

我叔叔终于在我十三岁那一年回来了，他读完了他该读的书，准备回来干一番事业。他回来之后我爷爷奶奶非常高兴，开始的几天都围着我的叔叔转。这种高兴劲儿没有持续多久，因为他们后来发现我叔叔读完书没有打算去镇上的国营企业上班。根据我叔叔的说法，他是因为没有被分配到他理想中的那个会令他感到满意的文化单位，一赌气，说不高兴去上班了。那是上个世纪九十年代的事情，我叔叔不愿找一份干一个月拿六百块钱的工作，也不愿把自己时间统统耗费在机床或者车间里的任何一个角落。另一边，我的爷爷奶奶当然也有他们不高兴的理由——在他们看来，读了那么多年的书，回来却不参加工作。早知道我叔叔会这样当年还不如不让他去读书呢（让他们的小儿子跟大儿子一样，反而会让他们更幸福吧）。在家蹭饭，整天吊儿郎当的我的叔叔渐渐成为我们家的负担。当他给自己订了一份报纸之后我的爷爷就更生气了。"一张报纸要多少钱？"我爷爷问我叔叔。"五毛钱。"叔叔说。"半包香烟哪！"爷爷感叹。"可是我能看一天！"叔叔硬声硬气地说。"这败家子……"我爷爷小声嘀咕着，虽然够小声……但肯定被我叔叔听到了。"可是我不抽烟啊……我就拿抽烟的钱看报纸不行么？"我叔叔有点不高兴地对我爷爷解释说。奶奶在一边说了一句公道话："这孩子不抽烟是好事。"毕竟是自己孩子，爷爷虽然不乐意，最后也没有反对我叔叔这样做。

我叔叔说能把一张报纸看一天，他没有食言，他确实能把一张报纸看一天。看了新闻看广告，看了广告看天气预报。那阵子他出门或者在家，身边总有那张当天的报纸。而且他也不把废弃的报纸扔掉或者垫桌角，更不拿来擦屁股。那时候我还很小，喜欢缠着我的叔叔，反正他也整天无所事事。我经常去他的房间，是看着那个报纸堆慢慢长高慢慢长高，直到跟我一样高的。报纸堆长得比处在发育期的我的个头还快。我率先发现了我叔叔的一个习惯，就是每天在一本笔记本上记录下当天的天气预报。一次，我好奇地问："叔叔，天气预报有什么可记的？昨天的天气预报明天就没用啦！""你不懂……一百年后，我的这本本子就是史料啦。"我叔叔得意地说。得意完了之后，叔叔还有另外的安排：在他的要求下，我也要看报纸。可我硬着头皮翻了翻，除了觉得报纸的油墨味尚可之外，对报纸丝毫没法感兴趣。"看报纸到底有什么用呢？"我问。"长知识啊。"叔叔回答我。"可是，知识有什么用呢？你最有知识，但是你看，人家已经买上摩托车了，你连一辆自行车都没有！"我说的其实一点儿也没错，那时候我们村稍微像样一点的年轻人都已经有了属于自己的摩托车，还能带着自己喜欢的姑娘在清晨和黄昏兜风。我叔叔看了看我，似乎有点生气（或许是悲伤），但不好意思对着我发作，就沉默了一番。不懂事的我再接再厉："你看，我爸爸每天出去打工，一天下来能挣三十块钱！"兴许就是我这句话刺激了我的叔叔，没多久，我叔叔开始做起生意来了。

他最早经营的生意是贩卖一些邮票。他借着我爷爷的二十八寸自行车从家里骑车来到镇上的邮局，最多就停留一个小时，我叔叔靠观察就能了解一个行情的大概。然后他又把车停在马路边上，坐一辆挤得满满当当的公交车到城里，参加市里的邮市。这一切开始的时候都很顺利，当我叔叔用一个下午的时间经过对一版邮票的倒手得到了五十块钱之后，我爷爷奶奶立刻开始信任起他们的小儿子来。"老头子，你看，这书，到底还是没有白读。"有天我听到我奶奶这么跟我爷爷说。可是奶奶的乐观情绪没有维持几天，因为后来我叔叔就把我爷爷的自行车弄丢了；或者说，是有人偷走了我叔叔正在使用的属于我爷爷的自行车。那天黄昏我叔叔哭丧着脸回的家，他一脸的疲惫让我明白了从镇上一路走回家一定是一个艰苦的旅程。

倒卖邮票的生意到底没有停下来，那时候我的叔叔已经有了一些小钱，至少可以为我的爷爷重新买一辆自行车。当然，他后来也为自己买了一辆（他曾对我说之前每次看着爷爷把自行车钥匙交到他手里的时候，那滋味可真不好受）。但是如果没有邮市，我叔叔每天基本上还是无事可干。他常常是坐在阳台边上翘着二郎腿，手捧着一张当天的报纸，从春天来到夏天，从夏天来到秋天……一天天，一年年。我叔叔回家整整两年了，但是他一直没有对象……

三

我十四岁那一年，我叔叔已经二十五岁了，但是他当时居然还没有结婚。二十五岁可是一道坎，在我们那儿，男人到了二十五岁还没结婚，有点不好听。我奶奶越来越着急，为我叔叔的找对象问题她急白了多少头发……不少好事者假装关心我们一家，多次为我叔叔出谋划策。我们一家都很清楚，他们只是想要拿到一只属于媒人的猪火腿。"找个外地人？"有人建议，可我叔叔反对。"找个二婚的？"又有人建议，可我叔叔还是反对。媒人们几次三番受挫之后，热情终于也消耗尽了。他们责怪我叔叔对配偶要求太高，因为我叔叔他竟然还看不上农村里那些"没文化"的姑娘。这也可以理解，因为我叔叔毕竟是我们村第一个中专生嘛！在他更年轻的时候，他游山玩水，指点江山，走过大半个中国，很有点自以为了不起。可是他越是这样，往往事情就越危险。

终于有一次属于我的机会来了，我的语文老师某次找我谈话，我还以为我犯了什么错误呢，不是——她神秘兮兮地对我透露了一条重要消息，那就是他们教研组有个年轻姑娘对我叔叔有点意思……"啊，伟大的语文老师！"我这个小屁孩听到这个消息后兴奋极了，一边高喊着这个口号一边屁颠屁颠跑回了家。到家后我对我叔叔说："叔叔叔叔，我亲爱的叔叔，我们学校有个语文老师对你有意思！"可能我过于热情了，以至于他对我这番话表示了某种不信任。现在回忆起来，可能当时我叔叔的心态出现了问题，以为我这个侄子也正在以此跟他寻开心——我怎么会呢？也许当时拿这个问题开他玩笑的人太多了吧。后来他假装生气了一样，对我说："小孩子别管大人的事！"虽然当时我的确很年轻，但也很不喜欢被别人叫做小孩子，我从小很爱面子，于是也赌气对我叔叔说："不管就不管，拉倒——我去玩弹子去！"就在我决定玩弹子去的那一瞬间，我叔叔跟我学校的那位语文老师谈上恋爱这件美好的事情终于没有发生。有时候看着我奶奶的满头白发，我深感内疚，但也没什么办法——而且也不再愿意想办法。事情过去后没多久，那个年轻的语文老师再也等不及了，既然我叔叔无意跟她谈恋爱，她索性就嫁作他人妇，这也可以顺便报复一下我那位无情的叔叔。我非常非常支持她这样做——咱又不是没人要！当然，理智上我其实更赞成她嫁给我叔叔，这样一来，我也可以在我们小学的老师那里也沾亲带故。可是我骄横的叔叔，谁让他这么不识抬举。我相信得知了这个消息，我叔叔一定后悔死了。不过世上可没什么后悔药呀。那个语文老师，二十岁刚刚出头的年轻的姑娘，她虽然长得有点胖，但我认为，她嫁给我叔叔，那还是完全够格的……直到很后面，我才知道，我叔叔当时其实已经有了自己喜欢的人。

那一年金秋十月，秋高气爽；稻茬堆满天；仓库厂对面写着"农业学大寨"。我们就在稻茬堆上玩各种游戏，肉体的游戏！一次我跟一个比我小两岁的女孩各率领一个队伍交锋（玩什么我不记得了），反正最后我们赢了。我就对那个女孩说："失败的人要被胜利的人压一下身体。""啊，那要压多久呢？"女孩问我。我想了想，说："就压五分钟吧！"说完我作为头领就压了对方头领——那个小女孩的身体三分钟。这整整三分钟我都很兴奋，同时内心也很不安。因为那个女孩的爸爸很凶悍，我怕被那个男人打，所以我决定放弃后面两分钟的优待……其实我也只是过了把瘾，然后说："就让你欠我两分钟。"这话一方面为了安慰自己，另一方面，我想，也许留给下次吧……正当我红着脸，心怀愧疚地从那个女孩身上爬起来的时候，我叔叔和老瓜的姐姐忽然从稻茬堆的另外一侧猛地钻了出来，并且飞快地跑了出来；他们迅速地跑，仿佛电视里那些游击队员正在逃跑或者追杀敌人……关于我叔叔和老瓜的姐姐为什么总是出双入对，我是后来才慢慢懂的。

四

1993 年的冬天，雾气蒙蒙的某个早上，我叔叔早上在水门汀前练马步。那天我醒得很早，看到叔叔在练功就很高兴，马上起床，就站在一边旁观他的马步。"你抱我，看看能不能把我抱起来？"我叔叔看见自己的侄子正在看自己练功显得比我还兴奋和得意洋洋。在叔叔的号召下，我尝试了一下，但没有把我的叔叔抱起来。那时候我是个少年，在同伴之间属于很有蛮力的那一种，所以觉得这件事情不可思议——要知道那时候其实我叔叔的个子并不比我高多少。在灰心丧气的时候，我对我叔叔说："大概我还没吃早饭吧，所以抱不起来。"那时候我妈也起来了，对我叫唤："起这么早干什么？脑子有病！"我被我妈骂了之后心情就更低落了，只顾着埋头吃萝卜干咸菜泡饭。就在我马上要吃完早饭的时候，我叔叔又冲进了我家，就像一个孩子向另外一个孩子炫耀一个玩具那样对我说："看，我就是看这些书才练功的。"

"看，这叫马步。""看，这就叫虚步。"我叔叔一边翻阅着那些印有和尚的小书，一边高兴地对我讲解。可我不耐烦，也毫无兴趣，心情低落得很。我说："我去上学了。"

我叔叔天真地对我建议："那我做你的保镖，好吗？"看来他真够无聊的。不过我妈妈觉得有人送我上学她求之不得，于是就答应了。"路上当心点。"我妈例行公事般地预祝我们一路顺利。

那天我和我的叔叔是头两个来到沿南小学的人，小学堂里鸟无人烟（我实在想不起来我为什么赶了这么一个大早，小学里我是"老迟到"和"老油条"）。教室的门竟然还没被打开，所以我和我的叔叔只能在校园里逛来逛去。一边逛，我叔叔一边要拿出他的武功秘籍来操练，可把我烦死了……我们两个就像走在一条没有目的地的小路上……偶然的，我们竟然来到了厕所边上，一个邪恶的念头突如其来。但是我叔叔动起念头比我更快。他忽然收起自己的武功秘籍，很严肃地对我说："你想不想看看女厕所？"我一阵脸红（虽然我叔叔说出的正是我的心声），怯声问："可以么？这样好么？""那有什么不可以的？"我叔叔说，"里面没有人！""好啊好啊……"此后我低落和烦躁的情绪终于得到了缓解，渐渐兴奋和高兴起来——当然除了高兴，我的表情还是紧张兮兮的。"别紧张，就当是男厕所，进去你照样撒尿！"我叔叔厉声说。

"可是我不想尿。"我说。"无所谓，尿不尿都随你。"我叔叔说。

就是这样，我闯进了女厕所，只用了几秒钟我便惊慌着逃出来。"你为什么不进来啊？"跑出了女厕所，我就责怪我叔叔不跟我一起进去参观。"我进去过，我读书的时候进去过！"我叔叔解释说。"哦……"我支吾道，其实心跳得厉害。"跟男厕所有什么不同？"我叔叔问我。"除了排水口附近有一些特别，女厕所里所有的一切几乎跟男厕所的大便池一模一样。"我对我叔叔说。我叔叔马上笑了，他高兴地对我说："我就是要让你知道这一点！"可是让我知道这一点有什么用呢？

五

1994 年，我从一个小学生变成了初中生，我叔叔在我读初中第一天放学回家就问我："告诉叔叔，今天你有什么收获？"我叔叔总是这么热心肠，他有时候对我的关心超出我自己对他的期待。看到叔叔这么热情，我只好装出一副好学生的样子说："我学了英语！""是吗？那我考考你，'文'在英文里是什么？"叔叔问。"'文'？"我断定我叔叔念英文没语调，反正跟我们老师的不一样。"'文'。"我叔叔重复这样的发音。"不知道啊。"我摇了摇头。"哎呀，连这个你们老师都不教啊？"叔叔不满地说。"也许还没教到这个单词吧。"我替我老师说好话。"好，那我教你，'文'，就是 1，1234 的那个 1。""啊？你错啦，叔叔，1 不念'文'，念'旺'！"我纠正他。"胡说八道，1 就是'文'，你不知道'拿摩文'么？"叔叔反问道。我想了想，说："不是'拿摩文'，是——'南波旺'！"由于我很有把握，所以显得气势很盛，最后我叔叔自顾自念了好几遍"拿摩文"灰溜溜地走了。当然，他为我准备的白色小皮鞋留下来了。他说："这是我给你的礼物。"又是一件礼物，想起来，除了那只口琴，这是我人生中收到的第二件令我满意的礼物了。我穿了这双白色小皮鞋整整三年，一直觉得它漂亮，而且合脚。

一年一年过得很快，那一年冬天，我记得我跟老瓜打了一场雪仗。

大雪之后村庄一片银装素裹，这越来越少见。那次老瓜蹲在一个柏油桶后面，时不时窜起来向我发动攻击，我也是，我抓起一把雪把那些细琐的雪粒揉啊揉，揉成一个雪球就往对面扔。雪球击中对面的柏油桶发出了咚咚响声，我这边的柏油桶也在哀号。有一个回合里我刚站起来正要向对面发射"炮弹"，突然脑袋就被一个硬物砸晕了，我应声倒地……后来老瓜的姐姐送我去医院。醒来后我看见了在门外踱步的我的叔叔，他的出现是令人意外的，迷迷糊糊之间我想起了他和老瓜的姐姐在秋天稻草堆里一起逃跑的那一幕。那次我的脑袋被缝了两针，很生气，我爸爸妈妈也严厉谴责了老瓜。老瓜比我大三岁，我用雪球去砸他，他居然用砖头来砸我。不过在那次悲惨的事故里，老瓜的姐姐对我呵护有加，虽然我只在医院里躺了一个下午，但那个下午老瓜的姐姐一直陪伴着我……我知道我叔叔其实就在门外，不知为何，他没有走进病房。

那年冬天我还发现了一个秘密。我叔叔在一个寒冬腊月的夜晚，从我们家后窗口翻了出去。我亲眼目睹了这一情况，并且我把我的发现报告了我妈。我妈却说："你叔叔有梦游症！小孩子别多管闲事！"我妈就这样严厉地教训了我。叔叔半夜翻出窗口去了哪儿，这是我后来才知道的。

老瓜的姐姐名叫惠芬，她的确是一个迷人的乡村姑娘；夏天她总穿短袖低领的衣服，有一次她弯腰给我们切西瓜吃，我就在我眼前看到了两个圆圆的肉馒头，只是一眼，肉馒头就不见了，我当然还想看，这种想法让我产生了有点说不上来的难为情。后来，我就被站在我身后的我的叔叔狠狠地撞了一下。我根本不知道他为什么要用肩膀撞我，而且撞了我之后，他就消失不见了。

我不是告密者，但我叔叔跟惠芬的事情还是败露了，在春节前几天全村的人齐刷刷都知道了他们的恋情。有人向老瓜和惠芬的父亲举报：我叔叔和惠芬经常躲在黑处"不知道在干些什么"！老瓜的父亲是个裁缝，而且还瘸腿，他知道了这件事情后很生气。那天我看见他脸红脖子粗地大喘气，看得出来，他很想来到我们家门口发点火，可是后来他还是决定不这样干。总之，他不同意我叔叔和他女儿之间的交往，也很讨厌有关他们的这种流言。"黄花闺女呢，怎么能嫁给一个吊儿郎当的瘪三？"瘪三，这个词在我叔叔读书回来不去上班后大家就开始用在我叔叔的头上。

瘸腿的裁缝早就等着了吧，于是我妈妈为了给我叔叔说情，专门跑了一趟裁缝的家，结果吃了裁缝的一个闭门羹；而我奶奶也"厚着脸皮"（裁缝的原话）去说情，人家还是不肯把女儿嫁给我叔叔。完全没有可以商量的余地；要是在路上裁缝大人偶然看到我叔叔他就要破口大骂："吊儿郎当的下流胚！瘪三！我不会让我女儿嫁给你的！"那一阵子我叔叔格外沮丧，变得不太爱说话，整天除了看报纸就是蒙头睡觉。我了解他的生活，表面上他装出这种样子来，其实背地里跟惠芬还是有来往的，而且他还希望自己摆脱"瘪三"这个称号呢。惠芬那时候二十岁刚刚出头，也不算太笨。除了偷偷摸摸这一点让他们有点不愉快之外，其他的，我想，也没什么障碍。

转眼又到了冬天，在一个冬日的夜晚，我坐在父亲的脚踏车后座，看到我叔叔骑车的样子非常滑稽，他喜欢左右摇摆，仿佛一定要让我们知道他正在使出全身上下所有的力气用来骑车——他力气本来就不大，也许不是装的；至少我爸爸带着我呢，照样不喘粗气。我们一路去了北蔡。他们通常都在深更半夜去接关于羊毛衫的生意。我叔叔在贩卖邮票之后又开始了新的业务，那就是贩卖羊毛衫（还带上了我的爸爸，当然我爸爸只是一个陪衬，虽然，据我妈妈所说，我叔叔给我爸爸的佣金值得称赞）。在一个仓库里我叔叔和我爸爸正在等合伙人的到来，就像一次次在银幕上出现的毒品交易，我觉得无聊，拿起一本汪国真的诗集，在北蔡中学的校门前走来走去，同时背诵那些糟糕的诗歌。不一会儿我叔叔就从一个仓库里走了出来，看样子他顺利地完成了交易，然后就跟我讨论诗歌——讨论到一半，他突然问我："半山腰上有个贼——不吃不喝也挺肥——不晒太阳也挺黑……你猜出来了没有？"半年后，我叔叔忽然又来让我猜这个谜。

六

　　第二年春天一到，我爷爷就住院了。关于我爷爷死得早，我印象已模糊，当然也不是完全不记得。那时候村里的人都说我爷爷成为了一个"白痴"，他不爱说话，整天抽烟，咳嗽是他主要的发言。他对我叔叔和我父亲已经丧失了关心的能力。这一切其实是有缘由的，自从我妈妈和我奶奶先后为我叔叔和惠芬的事情说情失败之后，我爷爷才变成这样的。说起来让人感觉心酸，在我爷爷疯狂抽烟和疯狂咳嗽之后不久，他就因为肺病被迫住院。第一次，乡村医院的医生们神奇地让我的爷爷康复了，只是在爷爷出院前关照他和他的两个儿子："别让他吸烟了，他的肺就像装满了墨水！"当然，我爷爷没有听那些乡村医生的建议，他照样抽烟，甚至能把一根火柴用中指弹出三米远，爸爸叔叔和奶奶怎么劝都没用，没收他的烟和火柴盒也没用，他用很少的钱就能购买到上述两样东西。难道让那些小杂货铺禁止对我爷爷销售香烟？随着我爷爷咳嗽声又一次吸引我们的注意。很快他就不得不再次遇见那些充满沮丧和失望情绪的乡村医生；第二次住院没多久，我爸爸就挑了一个夜深人静，他怀着理所应当的悲伤情绪，对我和我的母亲说：老头子走了……当时我跟我妈熟睡在大房间里，我爸忽然闯进了房间，还把房间里所有的灯都点亮了。我妈自然醒了过来；我也醒了，但还在装睡。我妈此前一直在等待我父亲回家，这是安排好的，我父亲回家我妈就去医院，但当我妈开始穿衣服准备出发；我爸却阻止了她这样做，我爸爸当时表情非常落寞。叔叔的反应比我爸爸就厉害多了，当他知道这个消息的时候马上就晕倒了。直到操办丧事，他都一直萎靡不振。那一阵他一天要晕倒三次。一次他晕倒在灶头边上，他用一只右手扶着灶头，非常缓慢地移动着自己的脚步。我正好在场，我就紧张地问："叔叔，到底怎么了嘛？"叔叔只是勉强的对我挥了挥手。亲戚们也笑话我的叔叔，一个总是在各种大场合（婚宴或者丧事）上喝醉酒的我的亲戚，喝完两瓶黄酒之后就指着我叔叔的鼻子说："你就是一个瘪三，你就是孬种！"这个亲戚的发言深深刺伤了我叔叔的心，因为我看到我的叔叔跑出门后哭了。

爷爷死了以后，我们家更没有了依靠。我爸爸那时候三十几岁，但是他整天整月都在外面打工。我们家因为操办爷爷的丧事，也倾了全力。家里开始吃稀饭，一天三顿都吃稀饭，外加萝卜干。有时候会有茄子吃，但一吃就是一个星期，不再有别的菜。在这种情况下，我叔叔跟惠芬的事情更是彻底遭到了裁缝全家上下的反对，甚至老瓜都不爱跟我说话了。惠芬似乎也变得笨起来，每次出来偷偷跟我叔叔约会都会被当场抓住，然后失落地被逮回家。除了更加严厉地看管惠芬，裁缝和裁缝夫人他们整天还都盯着我叔叔的动向。这都是没用的，我想，我叔叔总有他的办法。半夜里，他翻窗翻得越来越勤……终于有一天，我还在睡觉呢，听到外面很吵闹，到阳台上一看，我叔叔被惠芬的爸爸一脚踩在地上："你这个流氓，强奸犯！"我叔叔忙着招架，嘴里只说："我对惠芬是真心的！"可惠芬她爸哪里听得进这些，还一个劲儿对我叔叔进行凶暴的拳打脚踢；我看着都不忍心，可是我爸那次又刚好不在家，我妈让我别动。我叔叔还在那边疼痛呢，听他的叫唤声我都觉得全身正在被抽打。"你这个臭流氓，快叫派出所，快叫警察，我要把你送进去。"惠芬他爸，我平时也不觉得有多可恶，但那时候我看见他简直就像一个魔鬼。他的背上长出了黑褐色的翅膀，他的脚趾头很长很长，他一张嘴就露出了尖利的牙齿……果然派出所的人来了，听他们一说，就把我叔叔带进去了。

我叔叔莫名其妙地被判了三年牢（惠芬功不可没），也就是说，他三年不能贩卖邮票和羊毛衫了。一天，我奶奶带着我到山坡上的劳改所，也就是我们常说的劳动玻璃厂去看望我的叔叔，而我则带着那只小时候我叔叔送我的口琴。一路上我都小心翼翼地怀揣着那只口琴，仿佛那是我这一生最重要的宝贝。当然我也明白这宝贝是我叔叔送给我的，现在该还给我的叔叔了。我有点小心思，希望我叔叔在劳动玻璃厂过得不要太寂寞。我叔叔的面容憔悴得让人心疼，他从栅栏后慢慢走出来的时候着实让我吃了一惊。他看我的眼神也说明他不再是那个乐观豁达的曾经的我的叔叔。"如果寂寞了，"我对我的叔叔说，"如果你想家了，就吹吹它吧。"我叔叔没有看那只被我递出去的口琴，只是看着我的脸，然后两只眼睛开了大炮。"哭里笑，哭里笑，两只眼睛开大炮，"我说，"叔叔，你别哭。""嗨，不哭。可你能让惠芬来看看我么？"叔叔停止了流泪，转而开口央求我。"能。"我咬牙说。我这么说了以后，我叔叔就在我脑袋上按了两下，就如同他当年练的功非常有效一样，我忽然感觉灵魂出了窍……

七

自从我去了一趟劳动玻璃厂，回去后我就想方设法靠近老瓜。好几次我都故意请老瓜吃冷饮。有冷饮吃，老瓜就不会拒绝我。"你姐姐最近干吗呢？"我问他。"被我爸关起来了。""怎么才能把她弄出来？帮我。"我认真地说。"怎么帮？"老瓜问我。"就是告诉我，你姐姐被关在哪一个房间。"

在老瓜告诉我她姐姐被关在哪里的时候，我就知道自己一定能成功。那是 1996 年的春天，一个所有人都已经熟睡后的夜晚，我钻进了惠芬的房间。惠芬听见了什么声响，从梦中惊醒，在月光下看见了我并且分辨出我是谁之后，她问我："呀，你怎么进来的？""咦？你不知道孙悟空么？你没看过《西游记》么？"我得意地说。惠芬看了看门缝，说："那么扁？""我还可以更扁。"我说，然后侧了侧我的身体。有时候做一个瘦子也是有好处的，只要不跟人家打架。我和老瓜的姐姐，惠芬，我们从窗户一路攀爬下来，我准备的那根麻绳非常可靠。之后我骑着我的小自行车一路带着她赶往劳动玻璃厂。在上坡的时候我看着自己脚上穿着的小白皮鞋，心中非常难过，但是更加努力地骑车。

可就在半山坡上，惠芬居然从我的小自行车后座上跳了下来。"不去了不去了。"她不知道想到了什么忽然紧张起来，后悔答应了我的那个决定。"我见了你叔叔我爸会打我的。"她解释说。"你多大了？"我问她。"啊，让我想想……总之比你大。""那就对了，我没你大，也知道这世界上什么事情可以做什么事情不可以做，什么事情做了就要付出，什么时候做了就要负责。"我大声地教训了她，也不知道自己哪儿来的批评人的勇气。可惠芬还在推辞，我却把惠芬一把推进了半山坡上人家的一片油菜花地里。那是一个昏黄的夜晚，看见惠芬倒在油菜花地里，我忽然感觉自己就是我的叔叔。"惠芬"，我说，"这是你必须要做的一件事情。""你怎么这么叫我？"惠芬。"惠芬，"我继续叫她的名字，"你一定要去。""真奇怪，阿弟，你的声音都变了。"惠芬一边紧张地说，一边四下里张望。

我看出来惠芬试图要逃跑，于是就上前一把将她按倒在地上。就是把惠芬按倒在地上的那一刻，我感觉自己又从我的身体里面回来了，我感觉我那一刻面对的是两年前那个被我压过身体的女孩。"还有两分钟，"我对自己说，"我还可以压你的身体两分钟。"但是惠芬努力的挣扎让我开始怀疑这么做是否妥当。最后，我退了回来，也向惠芬示意让她不要过于慌张。等我们都稍稍平静一些后，我拿出了那个叔叔没有接受的口琴，对惠芬说："你吹，你吹给我听听。"惠芬继续坐在地上发出了一阵"嗯嗯嗯"的乱叫，但也没有大声。"你吹吹看。"看着她犹疑的表情，我继续说，"吹吹看。"惠芬终于尝试接过我叔叔的口琴，并且尝试把口琴放在她的小嘴上。"这是什么味道呀？"惠芬刚要吹起来，又忽然问我。"生锈了，它生锈了。"我说。"噢。"惠芬说，然后她真的吹起了口琴。

那在田野飘来飘去的不规则的声响就是惠芬吹着我叔叔的口琴所发出来的，我闭上眼睛深吸了一口气，聆听着这思乡的声音。惠芬也许爱上了那只口琴，吹个没完；而我也希望维持这样的欣赏。一个乡村姑娘在黑夜里的口琴声，虽然毫无旋律可言，发音也不规则，但这还是让我觉得很高兴。随着音乐的继续，我有了一种手舞足蹈的冲动。

"惠芬。"我失声叫道，"起来跟我一起跳舞吧。"

作者简介
FEIYANG

　　小饭，原名范继祖，网名石普。男，1982年4月出生于上海康桥，牧羊座。2004年毕业于华东师范大学哲学系。出版有《不羁的天空》《我的秃头老师》《毒药神童》《我年轻时候的女朋友》《蚂蚁蚂蚁》《爱近杀》等。现居上海。（获第二届新概念作文大赛二等奖）

第 2 章

淡蓝季节

没有铁路，就没有人回来，没有人离开了吧

夏

◎文/刘潇

　　仲夏的午后，有一小方格阳光躺在地板上，荷叶电扇懒懒地吱哑作响。窗外的夏给蝉声连成一根雪亮的细线，要眯着眼才看得清。屋里窄框的旧窗却好像在织一匹斜密纹的光布，织一半线就不够使了。此时小伊从外面走进来了。

　　小伊身上热得湿湿粘粘的，盖到眉毛的一层薄薄的头发也粘到一起了。她把短袖衫撩到肚皮上，愣磕磕地甩了拖鞋，就把光脚丫搁到那一小块被阳光眷顾的地板上去了。于是，绵长的夏啊，你不会醒来了，你在小伊透明的眼皮底下睡过去，不会醒来了。小伊听见墙壁在营营作响，是隔壁在听电台，厨房里"啪"的一声好像在关煤气，妈妈在熬绿豆粥呢。小伊一点也不喜欢喝，她喉咙里刚嚼的雪糕还在肚里融化，就想起夏天吃的东西来了。厨房是个常常云雾缭绕的地方，雾一散就现出好多碰不得的兵器，其中最厉害的要数擦土豆用的"擦子"了，刚削皮的土豆坑坑磕磕，像面色蜡黄的癞头和尚，可被那擦子麻利地下一番功夫，就蹭出一盘特硬朗的土豆丝儿来，跟豆芽一样脆，惹人盼着咬一根。如果用来擦莴苣就更好看了，一堆发光的绿丝绦，软玉一般盛在白瓷盘里，又不忍下口。小伊想着就笑起来，心里好像被风吹的早稻田，风一掠过就空落落的。

她鼓着腮帮子，也不想干什么。于是，绵长的夏啊，你打了个盹，小伊听见了小声细气的啁啾声，那是小雏鸡的声音呢，小伊睁大了眼，看见了墙角的纸箱子，那是谁的？妈妈买的么？她才不喜欢养小鸡，是姥姥买的吧。小伊趴在纸箱边，激动得喘不过气儿来，是两只面团一样的小家伙，好像雨夜隔着玻璃看见的两团依偎的小灯光，又暗又浅，撩人心弦。小伊轻轻捉了一只捏在手里，小鸡撅着小红嘴，小心房突突乱撞，唉，小伊不会动了，她从没有过此种触感的经历。她摸过小猫小狗的皮毛，平平的，乏味的，她也摸过爷爷家养的芙蓉鸟，特别不老实，不叫人好好摸。爸爸穿的皮夹克又软又滑，可是又冰冷又有汽油味，妈妈冬天羽绒服领子上的一圈毛，扎得人眼痒痒了，灰灰的不耐看，怎么比得上手心里的这团小东西呢。那种可怜巴巴的疼爱，一下子涨了起来，忽地漫过去，又缓下来，她终于更紧地攥住了小雏鸡，舔了舔它的小脑瓜，小红喙，简直把它全身都舔遍了。唉，该如何疼它才好呢。小伊将它贴在脸上死死的捏着，终于，那小雏鸡死了，伸长了脖子，渗了一滴血在嘴角，软塌塌地趴在她手心里。

小伊一动不动地站了一会儿，把手心里的小家伙包在了纸口袋里。

"妈，我下楼拿报纸去。"

"这么早，报纸来了么？"

"……"

小伊跑到外面去了，纸口袋藏在衣服里。外面特别热，马路上汽车像甲虫一样爬得飞快。她转身走到了楼后的小院里，绿翠丛丛，安静了许多。在树底下吧，小伊蹲下来，严肃得像戴了假面具，惹人喜爱。忘了拿铲子，她用石头掘了个小坑，将小雏鸡放进去，末了，还采了野花搁在上面。小女孩总是这样喜欢花的。

回家后，她望着纸箱里另一只，用明亮的带颤音的声音叫道：

"妈，妈！你买了小鸡给我吗？"

"你才看见啊，放一上午了。本来我不想买，你姥姥……"

"怎么才一只呢，两只的话……"

"就是两只啊，不可能……"

"你看，哪有……"

"是不是跑出来了，你到屋里找找。"

"好。"

小伊四处找起来。

踏过地板，那块小阳光不知溜到什么地方去了，到隔壁了吗？绵长的夏啊，你把它搁哪儿了？别让我瞎找了，请告诉我吧，你怎么还睡不醒啊。

刘潇，1986年生，女，北京人，曾就读于北京首都经济贸易大学。（获第六届新概念作文大赛一等奖）

恋  ◎文/胡琦辰

　　她就这样出现在他的生活里，虚拟的以及现实的，以非常普通的朋友的身份，向他问好，说些有的没有的话，什么都聊。她无比渴望了解他的一切，她细细地读着他博客里的每一行字，她反复地看着他们的聊天纪录，即使他常常会跟她说他心中那个她，她并不把这些看作很大的伤害，她通过这些了解他的所有细节。她期望慢慢融进他的生活，在他不知不觉的时候。也许，有一天，他会对她的突然失踪感到焦虑不堪，也许有一天他会真正意识到她的存在。

　　她就这样试验着，期望着，然后在这一年的冬天，突然地失踪。她出走时心跳得无比厉害，她无时无刻不在猜测着他是否会想念她。一个月后，她回来。一切，都已改变。

　　她没有哭泣，她说这是她自取其辱。但是在她倔犟地抬起头时，还是有泪水滑下来。

　　他一直在她的生活当中，他试图改变，他期盼着有一天她的生活能够因他而改变，哪怕只有一点点。他知道她对他厌烦和恐惧，但是他无法停止，他苦苦地爱着她，可是她却不曾对他有任何回应。他想要给她无尽的爱，他想要给她一切，哪怕是他的性命。终于有一天，她对

他说，你为什么不去死？

于是他站在了高楼的楼顶，他眩目着，他知道他会毫不犹豫地跳下去，他对此毫不怀疑，可是，他走下来了，他没有跳下去。含着泪水，他从此不再哭泣，连微笑，也不再了。

她这样注视着他，在他的课堂上，看得都痴了，他知道这么多的东西，他对这世界有着这么不同的理解，他轻轻地挥舞着他的手臂，像一个伟大的魔术师，一个指挥家，一个首席提琴手。她拿着考卷去问他，他注视着她的眼睛回答，那一刻她觉得她是最幸福的人。

多年以后她离开了他的课堂，她拿着花和礼物回来看他，他还是老样子，讲话温柔而有力，注视着她的眼睛，他是如此温柔的一个人，一如从前。她看着他，阳光从窗口透过鲜花射进来，洒在他的头发上，她又看得痴了。

他冰冷地看着她，他说：那好，我走。然后他就离开。

他像一只蘑菇一样躲在阴暗的角落里，他不是不愿意别人走进他的心里，但是，所有走进的人都陷入了一种痛苦中。他总是在说：那好，我走。

他曾经是预言家，是所有人的审判者，可是，他现在该死的不想再扮演这样的角色。

他不停地出走，他远远地注视着她，看到她在别人的怀里幸福地笑，他知道他的出走是对的，她，已获得解脱。

是的，他是预言家，他早就预言了这一天，无论他自己是否愿意相信。

生活总是会慢慢地弄冷一个人，一节手指，一只手，一条胳膊，而后是整个人生。

他已经冰冷，再也没有人可以把他变得暖和。

在他的葬礼上，她没有哭泣，她操办完了一切，回到家，似乎一切都没有改变般地生活。她知道他不爱她，他只是为了她肚子里的孩子而娶她。在婚礼的路上，她失去了她的新婚丈夫，以及未出世的孩子。他的兄弟们跟她说：嫂子，想哭就哭出来吧。可是她没有哭，没有。

她回到了空荡荡的家，像往常一样做了午饭，两人份的。她把一份放在她位置的对面——他总是喜欢坐在那看得到窗外风景的位置，这曾经使他心不在焉地听她讲话。她慢慢地吃下了午餐，却没有收拾碗筷。夜幕降临，她又坐到了他的位置，面对着对面的空盘子，吃掉了他的那份。

晚上睡觉时，她睡在床的一侧，把靠窗的那一侧空出来。每次他们缠绵过以后他总是会侧身拉开窗帘看看风景，发一会儿呆，她就望着他的微微突出的脊背。现在，她把这个侧的床空了出来，一如曾经。

就这样，她就这样过了很多年，背负着另一个人——中午做两人份的午餐，晚上只睡床的一侧。

他温柔地看着她，好像她是他最宠爱的鸟儿，他安静地听着她说着一切，叽叽喳喳的，没有什么比这个更令他安心的了。

他带着她去咖啡馆，在这个城市被保护地最好的旧城区，他们在只能放下一张桌子的阳台上喝咖啡。他总是用这样温柔的眼光看她，香樟树细密的树影落在她的身上，形成好看的花纹。

可是突然间，她愤怒了。她说：你为什么总是不说话？你为什么总是用这么迷茫的眼神看我！当然，她当初想要得并不是这样一个他。她曾经在他的课堂上深深地为他着迷，他优雅转身时的背影，他修长的手指，以及粗心落在手指上淡淡的墨痕，最关键的是，他知道这么多东西，她痴迷地记下从他嘴里说出来的每一个词。

可是现在，他不再对她述说，他总是在那里沉默，这只是她不得不说些什么来填补他们之间突兀的空白。终于，她厌烦了，她提出了分手，那一瞬间，他打翻了桌上的杯子，她突然发现他是这么笨拙，她站起来走了，她找到一个能告诉她许多东西的人，常常和她谈论着她完全不明白的哲学和股票，这样她才找到了她的幸福。

不幸的是，那个总是和她高谈阔论的人终于厌烦了装渊博这种把戏，她的人生，除了那些难以理解的哲学和股票，不再剩下什么了。

"您把自己定位在哪个角色？"

"我？我又何时曾有过被爱的资格呢？"

作者简介
FEIYANG

胡琦辰，笔名古越，交友广泛，喜欢安静看书听音乐。对追求的事情会很坚持，其他的事情则很随意。对事物比较冷静。特别喜欢淘换打口CD，青睐古典乐与轻音乐。期望能静下心来写点东西。喜欢的音乐家：巴赫、莫扎特、久石让；喜欢的器乐：长笛、钢琴、大提琴。喜欢文艺片，喜欢宫崎骏，偏爱吕克·贝松，认为岩井俊二的电影色彩十分漂亮，喜爱苏东坡。(获第九届新概念作文大赛一等奖)

槐、旧屋、锦瑟 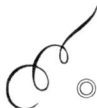 ◎文/刘潇

　　我从那年搬到这个屋子，初来的时候还是荒芜的，并无现在的景气，但因为无先前的殊荣。窗是临南，窗外有些庭院的样子，甚多的只是一些杂草，亦荒芜地生着。四周的桌上、门楣等一些去处尘土亦是多的，却也觉得厚重。初来的时候把书四处堆放，倒也不很在意，久了，尘杂一多也就习惯了。

　　我时刻想着自己是静坐于窗前，想想夜鬼，翻翻《聊斋》，忽而梦见红狐的影子。如果我倚在床上，所能看到的东西会很多，也许还会蜷缩着躺下，如今的性情，与多年前有许多不同，那时未曾幻想过玉会隐藏着矜持的女子，月下或红烛旁隐约能看到淡墨般的碎影。直到进了这屋里，闻了那些年前妹妹的槐花糕的一些滋味，原来是那院子种了槐树的缘故。而那玉，似乎是我火气太重，久了略有了朱红，日子一长，朱红已完全隐去了女子的碎影，落下了那朱红。槐树在院外生着，开花的季节我是不甚晓得的，然而槐花开时从不间落，压得枝头沉沉坠了下来。而来年近况境况与先前大相径庭。只那玉都清澈，祥和许多，未曾落下如此朱红。

　　想起妹妹面若槐花。

　　想那传说或故事里的，年轻而善良的男子，离家，归来总有煮好的饭菜腾着，男子总是惊奇，并找出缘故，

大都以传统的戏剧结尾。这是我独自一人居住的，夜间的光亮自然昏暗，这也无妨，只要能看清黑白相间的墨迹便可了。初来的时候我挂了一幅刺绣的水墨画于临南的窗边，隐约记得是唐寅的字画，除素白之外其上有淡青染与画上的显眼位置，无论近看还是远观都很是好看，如今觉得遗憾的是未能把那画上的名字详记下来，现在常会时时牵挂。我搬进这屋子的时节是寒露过后，那时院内的那棵柿子树上的柿子已经成熟，可以打下来了，相反的是槐树叶已开始掉落，叶子也是湿润的金黄。这些树木长得没有规矩，总觉得凌乱，而妹妹的头发确是不同，毕竟那仿佛是崖上的一枝花。

妹妹给我送了一把琴来，我诧异于妹妹的有心，可事与愿违，我是个粗人，不会抚琴，这也有些刁难我了。那琴在我这屋里是高雅的，紫檀木有些发黑，有些内敛，亦有些明亮。听常人说会文墨的人也应当会些丝竹管弦的情趣，我想那是对古人说的话了。忽然想起司马相如的那曲《凤求凰》，不知流传到今的是否原版，虽不曾详听，但也是用这样的琴弹的，所以仍有些亲切，更可贵的是丝竹铭心。

这床本是闲置的，木版没有色彩，已是年复一年。我睡在上面翻身的时候总会有细微的振动，轻微的声响，好像能唤出抚琴的女子，如《聊斋》里的一样故事。席子是竹编的，很是精细，如是夏天的夜里，一夜的睡下，白日醒来，竹席是会游动的，大体是向脚下滑动的趋势。妹妹总怪我夜间睡不安稳的缘故，我觉得倒不是如此，更有可能的是待我睡下后，夜间抚琴的女子夜夜走过。

自己那玉是用红绳系着的，随那朱红的痕迹蔓延，我愈觉得那玉是一尤物，是不可亵玩的。我无法追究得到这玉的来历，但愿是有些来历的好，于是在天气惨淡的时候有偏见的觉得它诡异。老人们常说玉是护体的，能保佑人吉祥，我当然愿意相信这话，这多少能安抚我躁动的心。在平和的夜里我竟也放肆地想抚摸那琴，仗着身上佩着的美玉，轻轻地走近，谨慎地试图乞求这一支点，心里的凝乱逐渐散落开来。

成精的女子竟也没来。

我开始另一种普遍的尝试，尝试除去院内的杂草，修葺一下错落无致的花和树。过了三五日后，我所居住的地方倒也有些像家的样子，槐花开时也应当会会心地笑了吧。

当入夜以后我会努力寻找一些动静，打发萧条的景象。如果我居住之处有洪荒的气象我也全然不知，在沉睡苦思，幻想之后，烛光之下，一些未眠的事物之中。我仿佛身陷于对夜的喜爱，或是对宁静的执著之中。其实那槐能否成林是无谓的，成林了反而没有固定的去处。槐花也过于夺目，争了屋子的景气，在前一日夜里，雨水就打湿了破败的槐花。

我睁开了眼睛。

在琴前我用过一种静态的比喻，转换一种方式，就好比我是一把琴，琴弦会是我身体的哪一部分呢？这仅仅是我的胡思，在那个时候夜间所做的梦里没有出现类似难以决定或取舍的问题，因为我一向做的梦都是不需要动脑子的，要么平素，要么美梦。我居住在此的这一年，深秋的雨大都是夜间下的，这在一些人的心中是一种情趣。当我被书卷的气息笼罩住的时候我就不能不选择适当的方式将这气息承载下来，这也是居于屋所中渐进形成的习性。对于习性的过分需求，我想处于槐树的边缘应该懂得克制，并逐步朝良性改善。掌握这屋里要离开的话必先经过前门，那有一高槛，门外才是槐树。故要经过高槛，才能接近槐树。诸事有条理，不可强求。其实屋内唐寅那幅画用墨全然不像我居处的景致，且说那亭阁、楼台、梅花，却也清丽，尤以那用色于淡青，却是不同。我只愿屋外槐花片片朱红才好。深秋的雨大都在夜间下固然是好，倘若我蜷缩睡下的话，秋雨愁煞人，飘入窗内，湿了我的书香。

那么久以来我都未曾给妹妹那玉起个清雅的名字。妹妹督促我多次，我也在书香中翻阅一些文本，兴许是自己才思的缘故，最终还是将此事拖隔下来。久了，妹妹也少有提起，这一直到了冬天。冬至那个夜里我在屋里看到了家鼠，这是很让我惊异的。我惊异于这些小生命出现的目的，包括它们对琴的喜爱。在那琴上多只家鼠停留，走动，不知所措。每当跳跃离开琴弦时振动的声响总能让它们欢心鼓舞。这种喜爱和所表达出来的现象一直延续到小年来临前的那一个夜晚。我必须承认母亲的伟大，家鼠们开始适应一种潮湿，因为母亲的死让它们无法离开我所居住的屋子。我常常能听见弦振动的声响，这种家鼠所发出的声响在我翻阅的文本间延续，一直延续到小年来临的前一个夜里。夜读《聊斋》，我终于明白先生的意思，鼠类不可成精，倘若男性成精，多半是坏的角色，成精的大多是女性，善良的也多些，那家鼠呢？

在我取下唐寅那幅刺绣的画的时候，这些家鼠咬断了一跟琴弦，崩然断开的声音使家鼠闻到了一丝恐惧，四处窜开。我的心自然是懊悔不已，只是如何与妹妹交代成了我顾虑的。对于顾虑这似乎是我与生俱来的品质，我想这便是不可名状的，是对未知的一种暗示。我睡前总有一种暗示，希望梦中能遇见槐花盛开，后来成为勉强的做法，最后在次日清晨悄然醒来，隔窗望着槐。

我面对但是无趣的惨淡生活，这没有假设的必要。从中我产生过种种怀疑，至此我所想的用朵朵槐花埋葬已有朱红的玉已不成为可能。我用染布将琴盖住，主色是深蓝，常有些零星白色花瓣，不像槐花。而我多么希望告诉妹妹我在这个冬天的奇遇：有红狐的影子，成精的女子，抚琴的我……妹妹自是不信的，唯有那玉破碎后不见了朱红，妹妹便可相信。如此，我便可以从传说中解脱出来，重拾我的槐花。

小年，我回到家乡。

琴声变得游离，已不像当时。只是檀木黑了许多。我拿出已泛朱红的玉还给妹妹，我的话语变得亲和，带着碎片落在草地的丝缕明亮气息。妹妹亦漂亮许多。

小年的夜里家鼠是怎么过呢？

我探访亲朋好友，都随带祝福，红色映着土地的脸，日子放弃了它的皱纹,表演开始拉开帷幕。我在母亲的引导下开始了我的严谨生活,而妹妹却说:居处不可无槐。

作者简介
FEIYANG

刘潇,1986年生,女,北京人,就读于北京首都经济贸易大学。(获第六届新概念作文大赛一等奖)

隐形人，私奔梦 ◎文/吴建雄

> 如果南瓜有思想的话，它一定会逃跑，而不是做万圣节的玩偶。如果故事可以重新开始，小草先生还是会爱着白雪小姐。就算白雪小姐不知道，他也一定会爱着，继续爱着，却从来不告诉她为什么。
>
> ——题记

轰隆隆，铁皮火车穿过无数山洞，刚才还不觉得冷的夏木小姐打了个喷嚏，毕竟到了北方了，气温果真不一样，她搂紧了衣物。虽然冷，但夏木小姐还是鼓起勇气打开半截窗门，探着头，看着城市的风景。呀，这就是传说中的北方，虽然火车还在夜里的郊区边沿行走，但细微的几处灯光还是透着城市的色彩，北方的房子建筑跟南方不太一样，那些墙仿佛是灰灰的，夏木小姐想，这就是他的城市。跟想象中的有点区别，但依然亲切。

夏木小姐回头看了看身后车厢，长长的铁皮车厢像一条绿色的小蛇，夏木小姐看着火车一点点进入城市，心想，会看到雪么？白白的雪，像棉花一样柔软，如果能下一场大雪，就算再冷，我也要躺在雪上美美睡一觉。她想着，突然笑了起来。车厢外星空一片灿烂，月儿弯弯，星河也仿佛比南方好看，看着看着，眼前突然间看到一小团云雾，是水塔烧开的水气么？她不知道，夏木小姐只知道北方有暖气，高高的烟囱冒着纯白的烟团，房间暖暖的。暖是一种什么滋味？夏木小姐不知道。

寂静的夜里，一个人在城市高空里飞来飞去，四处游玩，是最幸福不过的事了，隐形人在高空里盘旋着。其实他会飞，但他依然喜欢偷偷趴在夜里出走的鸟的身上飞，用他的话来说，夜里出行的鸟，跟半夜爬出主人身体的隐形人一样孤独，孤独的灵魂，应该相互帮助。隐性人和鸟一起飞的时候，喜欢给鸟唱歌，他唱的是一首民谣歌曲，叫《冬天的树》："我在这里等你，等成了一棵冬天的树，把对你的思念开成了花朵。"每天，隐形人出走时都唱这么一首歌，他见过不同的鸟，有的鸟忧伤，有的鸟快乐，有的鸟淘气，有的鸟单纯，他给不同的鸟唱歌，但鸟从来听不到他的声音。因为他是隐形人，鸟看不到他。

这个隐形人的主人是个工作狂，白天从不休息，只有晚上睡觉，虽然，很自然的，他也只有在晚上才有机会从沉睡的主人身体里爬出来。所以，他管自己叫夜先生。夜先生从房间出到外边的方式有很多种，一般他喜欢从烟囱里钻出来。肚子一收，往上一吸气，往下一喷，呼一声，隐形人就从烟囱飞出来了。

今天夜先生的主人睡得有点早，他很早就飞出来了。"哇，还没见过这么美丽的星空。"夜先生感叹着。时间还早，主人一时间也不可能醒来，隐形人夜先生决定到郊区走走。最近主人太累了，最近他要准备一个艺术展，主题是：春天精神。主人买了很多废纸、麻布、绷带，加上他的颜料画笔，整个房间里乱成一团。主人每天都在房间里搞创作，真没劲！夜先生想着想着，忽然听到了火车轰隆隆开过的声音，呀，这是他第一次看到火车。他的主人老想坐火车，他也以为自己能体会体会坐火车的感觉，但他主人只是想，印象里他从没坐过，就连火车票都没见他买过。今天，能看到火车，真是兴奋。原来火车是一节节绿色的铁皮箱连在一起的，火车头的窗户是眼，探照灯是鼻子，前面的车轮是胡子，火车的正脸像猫头鹰，又像青蛙，还像戴眼镜的主人。

夜先生想着想着，就笑起来了，有个滑稽的主人也不错，主人是可爱的。他想着，俯身向前，一个缓冲，贴到了火车上，他跟着火车一起飞。

不知为什么，从火车进入 S 城区域后，夏木小姐就突然想写点什么了。她拿出随身携带的小本子，开始勾勒属于自己的故事：

从前，有个叫木木的小女孩。五岁的时候，她的妈妈就走了，听说跟一个诗人私奔了。木木被寄养在一个叫狐狸的女人家里，听说狐狸阿姨是妈妈的好朋友。五岁的木木跟着单身女人狐狸一起生活，渐渐的，木木开始懂事，发现总有不同的男人闯入她的家里，那些男人和狐狸阿姨拥抱亲密。木木讨厌那些满口烟味的男人们，她做了好多恶作剧，例如在男人脱下的皮鞋里放图钉。看到男人们一次次出糗，木木哈哈大笑。

直到有天，一个穿白衬衣的男人出现在她家。那天是狐狸阿姨开的门，看到这个白衬衫男人，狐狸阿姨愣了。他们看着对方，足足看了十分钟。狐狸阿姨让男人进来了，倒水，沏茶，木木记得那天的空气是潮湿的，房间里有茉莉花的气味，嗯，是花茶。那是第一次木木没看到男人和狐狸阿姨有亲密接触。他帮狐狸阿姨收拾了房间，描了眉毛，画了唇彩，早上来的，下午就走了。当天夜晚，狐狸阿姨哭了。木木跑过去给阿姨擦了眼泪。那人真好。木木对阿姨说。阿姨说，是啊，真好，可是阿姨老了，配不上他。我也喜欢他呢，木木轻声说着。阿姨听了哈哈大笑，她说，那你以后嫁给他吧，反正你还小。木木听完，就当真了，嗯！我以后一定要嫁给她，但是我去哪找他呢？他会不会老啊？狐狸阿姨听了，笑得更大声了，去北方，去北方找他，他不会老，好男人不会老……

　　若干年过去了，当年七岁的小女孩木木到了十七岁。一天夜里，她趁狐狸阿姨和某男人狂欢时偷偷逃了出来，爬上了一列北上的火车。木木在想，自己也许因为流着和妈妈一样的血，所以总是那么奋不顾身。不知道当年妈妈跟那个游吟诗人私奔的时候，是不是也是这样的，紧张而刺激……

　　夏木没写下去，木木的寻找跟她的寻找一样，也许根本没结果。她有点伤感，起身，拿出纸巾，准备去洗手间洗把脸。夏木小姐离开座位时，夜先生就从窗户的缝隙里钻了进来。他把脸贴在夏木小姐的本子上看，咦？这故事怎么那么熟悉？我是不是应该帮她继续下去？夜先生想着，只见夏木小姐已经回来了，他赶紧跑到夏木小姐后面的第三个座位上，虽然是隐形人，知道别人看不到自己，但夜先生还是有点羞涩，他不敢正面去看夏木小姐，只是远远地，从后面，从侧面去看，夜先生对夏木小姐有种特别的好感，难道这就是人类常说的一见钟情么？夜先生不知道，已羞红了脸。夏木小姐的精神显然比刚才看起来好多了，没那么忧伤，她在笑，不知道笑谁，隐形人走到她跟前，用手在她跟前恍了恍，还好，夜先生的表情，她看不见。

　　火车进站了。夏木小姐把行李拿好，出站。隐形人就跟着她，突然，夏木小姐被迎面而来的一个男人撞了一下。等她发现时，手包已经不见了。那男人逃上了一辆摩托车，飞驰而去，看着男人远去的背景，夏木小姐难过得哭起来。隐形人一看，突然愣了，三秒钟内，他的思维出现了莫名其妙的短路。三秒钟后，隐形人开始飞奔，有什么能快得过我呢，他得意地笑着，嘿嘿，傻瓜，让我帮你拿回包吧。只见隐形人跑着跑着，他赶上摩托车了，接着，双手一伸，手指牢牢抓住了男人怀里那个包。男人还来不及反应，包就已经不见了。

　　隐形人把包放在街口拐弯处的一个台阶上，夏木小姐刚好走过那里。一看到包，她就像童年的孩子找到丢失了的玩具一般，紧紧地抓到了怀里。隐形人还想多看她几眼，但他必须得走了。

　　小草先生从梦里醒来的时候，双腿还是酸酸的。他做了很多奇形怪状的梦。他梦到自己坐上一辆铁皮火车，火车轰隆隆，过山洞，火车开往南方。一想到南方，小草先生是窝心的痛。南方啊南方，我的梦魇。我又怎么敢踏上南下的火车呢？小草先生想着，他还梦到自己参加马拉松赛跑，他的老师，那个胖胖的长跑教练就在操场上开着摩托车监视他训练，他所要做的就是一圈接一圈地跑，跟着摩托车跑。感觉跟回到学生时代似的呢！小草先生想着。他突然笑了，对的，在梦里他仿佛看到她了，"真好，在今天的梦里，我又梦到你了，你坐上北上的火车，一个靠窗的位置，你的手上拿着你写给我的信。"小草先生说着，笑了笑。

　　好久没有这么早起床过了，才清晨五点，可以看着城市天空是如何亮起来的。最上面的一层是深邃的蓝，最接近地平线的是郁金香的那种橘红。慢慢的，两种颜色混在一起，过度，最后成了毫无瑕疵的白。这是北方冬季清晨的感觉，属于北方的美学。

　　小草先生在画室里草草画了几笔，把废纸、麻布、绷带什么的折腾了几下，七点了，他收拾东西去学校讲课。今天讲的是美学定义的演化。小草先生开的那门课，叫我的美学，选修课，是学校为了丰富学科专门给小草先生开的。小草先生平时是个自由职业者，拍拍照片，画点画，设计点什么，但他一上起课来就一本正经。用他的话来说，他的课不仅仅为了学生而上，更是为了自己的理想而开。

　　"可惜最近的人浮躁很多了，这个娱乐的年代，很少人懂得美，美学的定义也宽泛了很多。"小草先生看着讲台下的学生，讲着课。他不知这里的学生有多少是认真听的。有每节课都必到的人，也有怀着猎奇心，只想看看这个艺术圈的王老五讲课到底是怎么样的人。小草先生在圈子里的名气很大，一提到他，人家就说："小草先生这个人啊，脾气怪怪的，架子很大，从不修改作品，不过他的作品总是很特别，你不得不佩服他。只是，让人想不明白的是，这个老先生到现在还没结婚，也没见他和什么女的来往过。仿佛是个不近女色的书呆子。"

然而，对于小草先生来说，无论下面的学生到底有没有兴趣，只要下面还有一个学生，他就会努力把课讲好。这样的想法，他坚持了很多年了。"一开始的美是建立在某种特征之上的，是一种肯定。"小草先生认真地说，下面有人提问："先生再解释清楚点好么？"

"好，"小草先生笑了笑，"例如观赏性的金鱼，金鱼有闪烁夺目的鳞片，有不同体形，有的像橘子，有的想梳子，金鱼也有不同的颜色，黑的、红的、蓝的、黄的。这些就是金鱼的一些小特征，这些特征组合起来，刺激了我们的眼球，我们就觉得美。"小草先生说完，大家对他的解释还比较满意。不过，还是有人提问，"那最原始的美算不算是一种口味问题？例如，我喜欢长头发、双眼皮、鼻子挺挺的女生，这样算不算是一种美啊？"一个男生说着，他说完，大家都笑起来了。"当然算是一种美，不同的时代有不同的审美观，例如唐朝，喜欢丰腴的女人，又例如现在，喜欢瘦一点的，这就是美。"

"那小草先生喜欢怎样的女孩子啊？"突然，下面有个淘气的男生问，他的一句戏言让小草先生脸红了。"是啊是啊，小草先生喜欢怎样的女孩子呢？"下面的学生一致起哄，小草先生有点招架不住了。"这，这个，没什么特别喜欢的，也没什么特别不喜欢的。""哇，小草先生害羞了。原来先生还会害羞啊。""小草先生是不是太博爱了啊。""说嘛说嘛，小草先生到底喜欢怎样的女孩子。"学生们一次次追问，小草先生使劲想了想，是啊，我喜欢怎样的女孩子呢？

"她头发很长，又黑又卷，皮肤看上去很白，单凤眼，有点古典气质，她笑起来很舒服，我喜欢她笑。可她不怎么笑。我也就看过她笑了几次。"小草先生说得很动容，回忆真是件让人痛苦的事。"她给我做了好多事情，我挺喜欢她的。我答应过她一件事，但我没做到。"他说完，下面的学生都安静了。四周一安静，时间仿佛停止了，这才让小草先生的脑子恢复过来。"刚才同学问到的喜欢哪一类女孩子，这其实已经不属于最开始的美学范围了，最开始的美学范围，是大家都觉得美才是真的美。想我们刚才讨论的这个，你觉得好看，而我不觉得好看，这样的观点，已经被归入到第二种美学里了。"小草先生停了一下，调整好思路，说："第二种美已经从物体特征这样的外表层次发展到观众的内心世界里了。这种美强调的是个人。简单说吧，你吃一个东西，只要你自己觉得好吃，那就是美。你听音乐，觉得这音乐好听，这就是美。又或者，你喜欢一个人，想念她的时候，你牵肠挂肚；看到她的时候，你欣喜若狂；知道她生病时，你的担忧与痛苦，这些其实都是美。"

"按小草先生的说法，那爱也是一种美了。"刚才淘气的男生反应很踊跃。小草先生点点头，"对。""那小草先生现在美不美啊。"这个男生总是喜欢刁难老师。"是啊，小草先生现在美不美啊。"又一个同学加入提问当中。小草先生说："我有喜欢的人，我那也是种美吧。但我不知道人家还喜欢不喜欢我，我就不知道人家美不美了，可见你们问问题还不够水平喔。呵呵。"小草先生笑出声来，因为时间已到，下课了。"今天的课上得有点紧张。"小草先生走出教室时，仿佛听到有谁在说这么一句，他四处看了看，没有人。

小草先生睡了一小会儿午觉。想念夏木小姐的隐形人从他身体里钻了出来，"咦？那是谁？"隐形人看到有个女人坐在椅子上看着他的主人，那女人一头浓密的黑发，又长又卷，她看着小草先生，不时还用手碰碰他的脸。确定女人不会伤害主人后，隐性人就飞出去找夏木小姐了。他寻觅着夏木小姐的气息，每个人都有特殊的气味，有的人是清淡的香气，有些人是奇怪的臭味，隐形人记得夏木小姐的气味是茉莉加栀子的混合感觉，他在城市上空盘旋，凭借直觉寻找着那样一种气味。是夏天，清爽的夏天，干净的雨后，花瓣上的露水。隐形人想着，飞到城市的西边，在一所小房子里，他找到了夏木小姐。

夏木小姐显然是累了，她躺在床上睡着，隐形人摸了摸暖气是否够热，不够热的话，他又使劲扭了扭管道上的开关；他检查了房间里的水壶还有没有开水，偷偷给夏木小姐烧了点水；他还给夏木小姐盖了被子，夏木小姐睡觉时候挺可爱，发出微弱的气息，像一只小兔子。隐形人留意到她的头发。现在的女孩子都怎么了，都喜欢这种长长的大卷发啊？昨天夜里在火车上夏木小姐戴着帽子，他看不出她的头发，今天看到了，原来那么长，那么密。怎么跟主人身边的女孩一样？隐形人想着，他又要走了。

小草先生醒后睁开眼，朦胧中仿佛觉得旁边仿佛有个女孩子，混沌中，他看到那女孩穿着斑马线的衣服，头发又长又卷，莫非是她？小草先生揉了揉眼睛，仔细一看，谁也没有。她又怎么会出现了？小草先生觉得从昨夜起，自己就病了，今天早上的梦，刚才上课的时候，还有现在，小草先生都觉得她在身边，在学校某一个地方看着他，怎么可能？都十八年没见了。小草先生现在都四十一岁了，二十三年前的那个私奔梦，早就完了。

小草先生收拾好东西，准备回家画画去了。春季精神，小草先生还没一点头绪。他上了公车，虽然年纪有点大了，他依然显得清瘦俊朗，他的头低低的。那是午后两点的公车，乘客稀少，小草先生看着窗外冰冷的风景，嘴里哼起一首歌："我在这里等你，等成了一棵冬天的树，把对你的思念开成了花朵。"哼着哼着，小草先生竟然笑了起来。哈哈，多大一把年纪了，还哼民谣。我今天到底怎么了。竟然唱起这首歌曲来。那时还年轻啊，我一心想画画，虽然父亲让我去当警察，但为了她，我还是选择了画画。那时的她,也相当年轻啊。"去私奔吧？"每一个云淡风轻的日子，她都这么说。"好啊，去私奔，但我们去哪呢？"小草先生问，"随便乘上一辆南下的火车，火车停到哪，我们走到哪。"小草先生笑笑，捏一下她的鼻子："好，等毕业后我们就私奔。"

夏木小姐起床的时候已经是下午四点了，她看了看房间，房间里仿佛有了什么变化，但具体是什么，她不知道。房间暖暖的，她有点渴了，用手一提，壶里竟然有开水。她泡了杯咖啡，看着窗外的夕阳落下，美美地喝上一杯咖啡，感觉还不错。夏木小姐看了看桌面的小本子。昨天在火车上的故事还没写完。

　　木木来到这个北方的陌生城市，她试图在灯红酒绿的街道上寻找那个记忆中的白衬衫男人。曾经听过狐狸阿姨说，这个男人叫 J 先生。木木在城市里寻找 J 先生的下落，听说 J 先生是个鼓手，她跑到了城市每一个酒吧，看里面是否有乐队，是否有个叫 J 先生的鼓手，老鼓手。她又听人说，其实 J 先生不是鼓手，打鼓只是她的业余爱好，他真正的职业是画家，他给很多女明星画过画，但他从没和任何女明星有染，他是个干净的画家。木木笑了笑，她有跑到城市里所有的画廊，打听是否有个叫 J 先生的画家喜欢白衬衫……

　　夏木小姐看着昨天晚上睡前写的文字，笑，她穿好衣服，走到路上。看着这个城市的每一个细节。她不知道到底在哪个角落，妈妈遇见了爸爸。她甚至不知道爸爸到底是什么样子的。以前看书，书上说，女儿像爸爸，夏木小姐想爸爸的时候就对着镜子照啊照。眉毛、眼睛、鼻子、嘴角，到底我哪个方面像爸爸。夏木小姐一个人逛了下城市唯一的步行街，吃了甜蜜的泡芙，走得累了，天又那么冷，会下雪么？她躺在床上，靠着暖气，不知怎么，就睡过去了。冬天来了，大家都很贪睡。

　　小草先生在画室里折腾了半天，画了个构图，在"春季精神"那个主题展览里，他决定做一个火箭系列。他觉得城市里的男女到了春天都会活跃起来，像跳动的音符，而他们的一个眼神、一个表情、一句话语、一个拥抱的姿势、一个倾诉的冲动，其实都可以看成"火箭"。火箭成了一种青春萌动的暗喻。小草先生想着，突然觉得饿了。他已经好久没有认真吃过饭了，今天，他决定吃顿好的，当是犒劳犒劳自己，能有个好的创意不容易。好歹今天终于把参展的主题想好了。

　　楼下新开了家川菜馆，小草先生突然想吃鱼了，就点一个水煮鱼吧。小草先生点完菜，耐心等着。突然间，咯吱一声，门开了，进来一个女人。她的卷发长到腰际，乌黑发亮，小草先生一下子就被吸引住了。女人刚好坐在小草先生斜对面的位置。女人低着头点菜，当她把头抬起的时候，小草先生惊讶得差点叫了起来。怎么可能？天下竟然有如此相像的人。小草先生仔细看了看，真的很像，他咬住了自己的嘴唇。对面的女人简直跟她一模一样，但是，时隔十八年，她怎么还没变样。恐怕是我眼花而已了。小草先生想着，收回了眼光。

服务员端着水煮鱼上来。小草先生突然对跟前斜对面的那个女人很好奇，他叫来了服务生，问，对面那个女人点了什么菜啊？服务生纳闷地看着他，说，没有啊，对面没有女人。小草先生说，怎么会？明明就坐在那里，靠着墙壁，你没看到么？卷头发，她嘴角还有颗痣。是啊，嘴角有颗痣，那不正是她最明显的特征么？服务员看着小草先生,依然很纳闷。你说什么啊？我听不懂你说什么了。服务员皱着眉头。走开了。

她也会点水煮鱼么？小草先生心想，以前的日子，大学，他和她就一起去吃水煮鱼。一盘热腾腾的水煮鱼，新鲜的白菜、脆口的豆芽、嫩滑的鱼肉，最适合两个人吃了。以前吃鱼的时候，他总给她挑刺，她就慢慢地等着他。冷不丁的，用餐巾纸擦擦他嘴角的小油迹。两个人乐呵呵地笑。小草先生看着她，再也忍不住了，他要走近一点看，近一点，再近一点。

他站在她跟前。看着她，王离，他轻声叫了几下。

女人慢慢转过头来，看着他，你是叫我？

小草先生点点头。你，你像我一个朋友。

谁呢？

像我一个朋友。

朋友？

嗯，是的，一个我喜欢过的女孩子，她比你大十八岁吧，十八年前的她跟你现在样子差不多。

哦？那你很喜欢她么？

是的，我很喜欢她。

那你怎么没和她一起呢？

她走了。

喔？她为什么走了呢？

她私奔了。

和另外的男人么？

不是，她本来想和我一起私奔的。

后来呢？为什么你没有和她一起私奔？

我那天没出现。

为什么呢？你不爱她么？

不，不对，不说这个了，你叫什么名字呢？

白雪。

哈哈，这真是你的名字么？今年冬天不知道会不会下雪，倒让我看到白雪了。

女人不说话了，小草先生见她不说话，问，你有电话么？

有的，67693235，你可以打这个电话找我。

女人说完，走了。小草先生不知道她为什么刚坐下就走。他看着她的背影，轻轻地叹了口气，哦，白雪。

当天夜里小草先生边吃水煮鱼边喝了好多啤酒，回到家，双腿一伸，就呼噜呼噜睡着了。隐形人从他身体里又钻了出来。隐形人直接飞去了夏木小姐家里。他想念她了。

夏木小姐正在桌台上写字。她的故事继续编织着。

　　终于，木木在一个别致的画廊里找到了J先生，时隔十年，J先生已经老了，不再是曾经那个明朗年轻的男人了，J先生依然很瘦，他有点苍老，眉宇间还是流露着干净的气息。木木出现在J先生的跟前，她想对他说，还记得我么？七岁的时候我想要嫁给你的。但木木什么也没说。她在J

先生的画廊里走来走去。要买画么？J先生问她，亲和地。不。她心跳很快，十年了，没有听到他的声音，现在听来，还是那么的有夏天的味道。木木终于找到她要找的J先生，但那个白衬衫男人已经不认得她了，他问她，小姐，要买画么……

隐形人看到夏木小姐写的文字后很郁闷。怎么可以这样子呢，木木为什么不直接告诉J先生啊，明明是她要找他。隐形人很难过，他对夏木小姐的故事很不满意，他想着有什么办法可以改写这个故事。他脑海中木木的故事应该是这样的：木木找到了她想找的男人，并和他很好地生活在一起。这才是童话里应该有的结局。隐形人很善良，他不愿意看到明明可以在一起的人被分开，海角天涯。

夏木小姐看着自己写的文字。突然说，你是什么时候来的呢？她一说，隐形人愣了一下。她怎么自言自语呢？她又说，从火车上我就看到你了，你为什么跟我来到这里啊？隐形人又挠了挠头，怎么可能？她竟然能看到我？隐形人莫名其妙地站在她的背面，看着她。怎么了，还想跟我捉迷藏么？夏木小姐笑了笑，她弯弯翘起的嘴角，像一小朵莲花。"谢谢你，那天，谢谢你帮我把手包抢回来。"她转过身来，对着隐形人说。

"啊……你能看到我啊？"隐形人看着她的眼睛，心像迷途的小鹿，扑通扑通地跳。

"当然咯，"她说，"喏，这里，这里，这里，你的眉毛，眼睛，鼻子，还有嘴唇。"她说着，用手指了指。

隐形人当场就傻了："怎么可能？你怎么可能看到我，我是隐形人！"

"隐形人？"夏木小姐看着他问，"隐形人是什么东西？"

"隐形人就是隐形人啊，每个人都有隐形人，有的隐形人是开心的，因为他主人最深刻的那部分记忆是开心的。有的隐形人是难过的，他们每天都会哭，因为他的主人最难忘的那部分记忆是痛苦的。隐形人是透明的，没有人看得到他。"

"那为什么我能看得到你呢？"夏木小姐问，"你不是说你是透明的么？"

"对啊！"隐形人说，"奇怪了，你怎么能看到我呢？你能看到我，这表明我的主人也看到过你的隐形人。一般人是看不到其他隐形人的，能看到别人的隐形人表明，你最难忘的记忆和我主人最难忘的记忆之间有交叉。所以你才能看到我。我的主人也才能看到你的隐形人。"

"真的么？你叫什么名字？隐形人。"夏木小姐问。

"我叫夜先生。你呢？"

她想了想说："我叫夏木，就是夏天的木头的意思。"

隐形人听完，笑着说："你的名字真好玩，夏天的木头，到了冬天就成为一棵树了吧。"

夏木小姐一听，当时就愣了："啊？你怎么也知道这个啊，我小时候最喜欢的歌曲就是那首民谣《冬天的树》，我一出生就会唱了。"

隐形人一听，奇怪了。"你怎么也会唱这个，但是你唱的是我唱的那首么？"他想着，问，"你那首冬天的树是怎么唱的，我也会唱，我主人老唱。不如我们一起唱吧，看看我们会的是不是同一首……"

"好！"夏木小姐听完，"一，二，三。"

他们唱起来："你像一阵春风拂过了我的生命，却只留下一段伤心给我，让我无法寻觅你的影踪。我在这里等你，等成了一棵冬天的树，把对你的思念开成了花朵，静静守候着你经过……"

不知道唱了多久，唱完了，隐形人和夏木小姐都泪流满面了。

"这是我主人最喜欢的歌曲，他错过了一个女孩，从此，他的记忆就停留在那年的冬天。"夜先生说。

"是么？这是我一出生就会唱的歌曲，估计是我妈妈怀我的时候老给我唱吧。"

"你妈妈？"夜先生听完，激动地问。

"是啊，就是这个。"夏木小姐从手包里拿出一张照片，"给你看这个，这是我妈妈的唯一照片。"

夜先生仔细一看，天，那女人不就是今天中午他看到的那个坐在小草先生旁边的女人么？长长的卷发，黑得发亮。

"这是你妈妈？"夜先生问。

"是啊，这是我妈妈。我妈妈一个人跑到南方生下了我，后来她就不知道哪里去了。"

啊？你妈妈，一个人，南方，生下你……莫非？！夜先生没敢想下去。

"我的主人叫小草先生，你可以去找他，他在这里比较有名气。只要问问别人，大家都知道小草先生住哪里。好了，我先走了。"隐形人说完，一转身，消失了。隐形人走了之后，夏木小姐想了想，把木木的故事继续下去。

> J先生问木木是不是要买画的时候，木木愣了一下，她犹豫了半天，终于对J先生说，你帮我画一张肖像吧，就画我，画你眼中的我。木木没想到J先生竟然答应了，他问木木，你什么时候有空呢？我画一张肖像大概要一个半小时，木木不知道怎么回答……

小草先生酒醒后洗了把脸。他揉了揉眼睛，仔细想了想，终于拿起电话拨下了那一串数字，67693235。电话是夏木小姐接的，电话声把她吓到了。她新租的房，怎么有人知道她的电话？她拿起电话一听，是个男人。

"喂，你找哪位？"夏木小姐问。

"是白雪么？"听语气，小草先生显然很紧张。白雪？！？夏木小姐一听，咬住了舌头，白雪？那不就是我妈妈的名字么？妈妈生下我后就消失了，每次我问阿姨，我的妈妈叫什么名字，她们就说，你妈妈叫白雪，在一个北方下雪的日子，你妈妈来到这里的。想到这儿，夏木小姐提高了声音问，"你是谁？"

"我叫小草，你可以叫我小草先生。"

夏木小姐一听，当场呆住了："小草先生？你说你是小草先生？"

"对，我是小草先生。"

"那，你会唱歌那首歌么，《冬天的树》。"

"会啊，当然会，那是我唯一会唱的歌曲。"

"你爱她么？"

"什么？"

"你为什么要抛弃她？"

"什么？"

"你知道她有多爱你么？"

"什么？"

"冬天的树，你知道那棵冬天的树有多爱你么？"夏木小姐歇斯底里。

"你是谁？到底是谁？是白雪么？我们吃饭时见过的。"小草先生小心翼翼地问。

"你能帮我画一张画么？你就来我家画，我要看着你画。对了，我想吃橙子。你给我带点橙子吧。"

"什么时候？"小草先生问。

"明天，明天早上。"

"你家住哪里？"

"青石街31号。"夏木小姐说完，挂了电话。

那一夜，夏木小姐失眠了，小草先生也失眠了。夏木小姐的隐形人没有出来，小草先生的隐形人也没有出来。夏木小姐用笔在本子里写着：

木木约了J先生去她家给她画一张肖像……

　　第二天，小草先生买了一袋橙子去了青石街 31 号。夏木小姐打开门的时候，她看到了小草先生，笑了笑。

　　"我漂亮么？"她问。

　　"挺可爱的，跟我的学生差不多。"小草先生显然很腼腆。

　　"知道么？我从不吃橙子，但是，今天，我想吃了。"夏木小姐看着小草先生手中的水果说，"我从小就不喜欢吃橙子，估计是我妈妈吃太多了。你一定带了调羹吧。"夏木小姐看着小草先生问。

　　"嗯。"小草先生说着从口袋里拿出一个小调羹。

　　"果真如此，你还跟十八年前一样，喜欢用调羹来剥橙子。先从橙子下面开一小口，然后把调羹贴着果然慢慢地塞进去，一点点往里面推，果肉和果皮就会分开，我说得对么，小草先生。"

　　听着她的话，小草先生当时愣了。她到底是谁？

　　"知道我为什么会来这里么？我来这里只是想找一个人，我不知道我能不能找到他。昨天，我好像找到他了，今天，我约他到我家，结果他来了。呵呵，每个人心里都有一个私奔梦。"她说着，小草先生手中的水果落到地上，像散落一地的珠子。

　　"小草先生，不如我给你说一个私奔的故事吧。"夏木小姐看着小草先生，说，"从前，有个女孩爱上了一个男孩，但男孩的爸爸很不喜欢这个女孩。他想尽了一切办法阻挠他们在一起。女孩和男孩一直偷偷约会。每次被父亲看到，男孩总要挨打。但他们还是努力坚持着他们所谓的爱情。就这样，从小学，到高中，到大学，他们都在一起。而男孩子的爸爸从来没有放弃过对这对男女的阻挠。他对男孩说，你不能和她在一起。可男孩从不听父亲的话。后来，这两对男女私订终身，在一个冬天的夜里，女孩把自己全部给了男孩子。他们决定第二天一大早他们就爬火车，私奔。男孩说他要回家拿点行李然后再走，女孩答应了，乖乖在火车站等他，结果等到中午，男孩都没有来。后来女孩就走了，随便上了列火车，去了南方一个陌生的城市……"

夏木小姐说话的时候，小草先生就咬着嘴唇听着，他不知道说什么。夏木小姐说完了，小草先生他长长叹了口气，看着女孩无奈地笑。

"这是你说听到的关于私奔的故事。你知道的是结果，你却不知道为什么。关于私奔的真正故事是这样的，从前，在一个混乱的城市里，有一个女孩，她从来不知道自己父亲做什么。在同样的城市里，有一个男孩，他同样不知道自己父亲做什么。女孩和男孩从小就一起玩，一起生活，女孩很喜欢男孩，男孩也喜欢她。他们一起上学，一起在课堂上说悄悄话，就算课堂上老师提问，男孩也偷偷保护着女孩，帮她回答。男孩的父亲一直反对他们在一起。但父亲从来不说为什么。他越来越歇斯底里，每次一看到男孩和女孩走在一起，就轰然大怒。他用皮带去打男孩，却从不告诉男孩为什么他要打他。男孩女孩慢慢长大，终于有一天，他们私定了终身，为了证明彼此相爱，女孩把自己的全部给了男孩。他们在一晚甜蜜后决定第二天私奔，地点是郊区的火车站，女孩说，我们赶明天最早的一列南下的火车，无论通向哪里。男孩突然想回家多带几件衣服，于是答应女孩他去去就回来。男孩回到家，看到躺在病床上的父亲。他的手受伤了，血染湿了他的上衣。男孩那一刻才知道父亲原来是警察。他听到父亲的手下不停称赞着父亲，听说父亲他们歼灭了城郊一个地下贩毒组织，男孩的爸爸立了大功，贩毒团伙被一网打尽。那个团伙的头目，逃跑时抓住了一个路人做人质，他还没来得及搂紧人质，结果男孩的父亲开了一枪，那个毒枭头目给毙了。看到那个头目的照片，男孩才知道，原来他就是女孩的爸爸。男孩在那一刻放弃了他们的私奔梦，他想到孤独的女孩，想到女孩孤独的妈妈。他很沮丧，根本不能接受现实，他不知自己怎么面对女孩。又怎么跟她说？当男孩赶到车站时，女孩已经不见了。他很想找女孩，但他找不到，面对着一列列呼啸而过的火车，他的脚步定格了。他转过身来，看着中午的太阳深深抽了口气，他的女孩走了，他的新娘走了。"小草先生说到这儿，停了一下，夏木小姐听到他哽咽的声音。难道这一切都是真的？十八年前，在那个混乱的年代……夏木小姐不敢想下去。

"男孩在火车站等了一天一夜，他确定女孩是不会回来了。他有点后悔自己回来太晚。知道女孩父亲被击毙的时候，他想到了女孩的妈妈，他突然觉得他们不应该私奔，女孩的爸爸死了，只留下她妈妈一个人孤零零生活。在剩余的日子里，男孩毕业了，并成了一个美术老师，他留在了这个城市，这十八年来，他一直照顾着三个老人，他的父母，还有那个女孩的妈妈。他足足等了她十八年，但她从来没回来过。"小草先生说完，鼻子一酸，终于没忍住眼泪。

"我今年十七岁。我也不知道我妈妈哪里去了。"夏木小姐说完，什么也没说，她慢慢地给小草先生拾起地面的橙子，然后，离开。她跑到郊区的火车站，跑上一列即将出发的火车，终点到哪里，她不知道。她在火车上神经质地大笑。忽视身边所有人。

她在火车上写着没有完结的故事：

> 画画的时候，木木一直盯着J先生，她记住了他的眼神、他的呼吸、他的举止。J先生很不好意思地画着。突然木木对他说，不如，我嫁给你吧。J先生爽朗地笑着，哈哈，你都可以做我女儿了。木木听着，笑了笑，是啊是啊，我开玩笑的。J先生，你一定还爱着狐狸阿姨吧，木木问。J先生一听，狐狸？你是谁？木木笑了，是啊，怎么会有一个男人还记得十年前的一个七岁小女孩……

夏木小姐把故事写完的时候，打开了窗户，她把纸张撕得粉碎，那些过去的故事灰飞烟灭。这样的结局比较让她满意，她找到了这个男人，并且知道了他那天没有出现的原因。夏木小姐不知故事真实性有多少，就算是杜撰，她也被男人的诚意打动。她总算松了口气，缅怀完母亲的爱情，她可以全身心地投入自己的爱情中去了，列车终点到哪？她不知道。正如她不知道母亲在哪里。

火车一如既往，毫不留情面地穿越无数山洞，轰隆隆，轰隆隆。

小草先生终于取消了"春季精神"展览的那个"火箭"系列。城市里充满了暗喻，但暗喻的同时也意味着误区。冬天说，春天的来临只是一场意外。小草先生用所有的颜料画了十八颗树。那是冬天里的树，白白的背景，孤独而突兀的树，单调苍白，充满未知的希望，或者，只是绝望。

展览开幕那天，小草先生跟很多朋友一起布置场地。带着渔夫帽的小草先生显得充满了活力。他把十八张画排成一个方阵。把整个展览厅布置成一个森林。在其他作者跳动、鲜活的艺术作品中，他的作品让空间像一片仙境。纯洁无暇，美得失真。

展览历时七天。每天，小草先生都会去展览厅看一看，他站在自己的作品中间，安静地剥一颗橙子。然后眯着眼，轻轻地咬下一口，品尝着果肉的味道。他想着夏木小姐的话："她喜欢吃你剥的橙子，她喜欢看你剥橙子，她喜欢学着你的方法剥橙子。她一直觉得你很有才华。我没见过她，没听过她说话，不知道她的声音，她的故事，我都是从她的日记本里看到的，她是那么地爱你。可是你不知道。你的每一个小细节，她都记得的。一个女人不是随便就能跟一个男人私奔的……"小草先生笑了笑，算是一种欣慰。风从展览厅的空间缝隙里吹来。抖动着那十八张画。风仿佛在唱一首歌。会唱的人一起唱，一，二，三。

"你像一阵春风拂过了我的生命，却只留下一段伤心给我，让我无法寻觅你的影踪，我在这里等你，等成了一棵冬天的树，把对你的思念开成了花朵，静静守候着你经过。我是一棵冬天的树，我在想你；我是一棵冬天的树，我在等你，我知道这一切都无法有结局，我只能够把这一切放在心里……"

小草先生想起了很多，很多很多。她从没离开，仿佛从没来过。她一定就在身边，看着青春看着我，看着所有人一点点老去。爱是一种美感，是一种无所谓拥有与否的东西。爱找不到东西去证明，一切只有在心底。

看到了夏木小姐，小草先生总算有点欣慰。终于不用担心十八年前的她到底怎样了，她给我生了个女儿，并且这个女儿看起来还不错。想到这儿，小草先生的隐形人也累了，他伸了个懒腰身，沉沉睡去。隐形人夜先生知道，很快，他就会被一个新的隐形人代替，有新的难忘的记忆等着小草先生。这次，不再是一个私奔的梦了。他想着自己的女儿，夏木小姐，他累了的时候，他总梦见自己变成一支火箭，朝着女儿出走的方向飞去……

展览结束那天，S城终于下起了小雪，雪越来越大。小草先生看着窗外的风景，铁路那边，应该封了吧。如果能见到她，小草先生是想带她去那边走走的。这次，我们不坐火车，只去铁路走走。

"还记得当年我们曾经约好私奔的地方么？在那个郊区树林的背后，路过高速，穿越一块荒草地，慢慢的，我们就能看到苹果林。苹果林的隔壁，就是铁路，沿着铁路走，可以到我们想要去的任何地方。那时候，你是那么可爱，乖乖的，我们手拉着手，一步步在铁路上行走，我们偶尔坐在草地上玩猜火车的游戏。看看谁说得准，哪边先来火车。现在，那个地方已经被改修了。现在，外面的那些遥远风景，是白色的吧。我记得那个世界，一个类似水坝的地方，是运河吧。然后是一座桥，我们总是从下面的草丛走上桥的，一个竖着的水泥牌，黄黑相间，异常耀眼，像黄蜂的肚子，上面写着：铁路线路，安全保护区。水泥牌后面就是台阶了，那台阶很陡，走路要小心翼翼，像极了古时候的小脚女人。台阶像米粒般，碎碎的，我对上面的文字有印象，以前总有小孩在上面写着莫名其妙的话。谁谁谁，我爱你，谁谁谁，你妈妈要打你啦。我看那些字总是很开心。我总想着你能陪我去走走，可是，你已经不在了。你到底去了哪里呢？

"那天，我看到我们的女儿了，她长得跟你有点像，头发也是卷卷的，不过发色没你的黑亮。我不知道这十八年你都怎么过的。那天看到女儿，我是开心的，真好，她竟然跑来看我了。你是不是和她说过我以前给你画画的事？呵呵，女儿仿佛很在乎你的感受。我给她买了橙子，那天，我其实还想给她画一张画。但是，她没有吃我的橙子，我也没有顺利地给她画完画，有点失败。她的脾气跟你一样，她会找到她的幸福么？我也不知道。我有点后悔了，我当年想照顾你的妈妈，所以没有去找你，今天看到我的女儿，我们的女儿，我才发现其实我也还是错过了她。这么多年来，她会恨我么？我这个不称职的父亲。"

小草先生看着，旁边走过一个朋友拍了拍他的肩膀说，小草你快看，雪好大，估计铁路都要封了。小草先生笑笑，是啊，没有铁路，就没有人回来，没有人离开了吧。小草先生想着，翻着来客门的留言，翻着翻着，突然在留言本上发现几个字：

白雪，或者，王离。2 月 13 日。

小草先生笑了笑。原来她来过了，真巧，真好。

作者简介
FEIYANG

吴建雄，1984 年 7 月 20 日生，现居北京。巨蟹座。热爱文字，沉溺贫穷。广告策划，插画师。已出版个人图文小说集《你必须美好》《葵花朵朵》、长篇心理悬疑小说《猫》、国学读本《人间庄子》等。（第五届新概念作文大赛二等奖）

第3章

浮光掠影

我像一粒种子，被青鸟和云朵带到了武周山下

擦燃火柴，闪耀光芒 　◎文/蒋峰

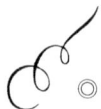

　　截止到明年十月，大师已经二十年没有推出能再次令人敬重的作品了。十几年里他都无法避免地被介绍为"《二分之三》的作者"或者是"那个写出《二分之三》的人"。时间已经证明《二分之三》将永远留在人们的记忆里，成为永恒的经典。到那时人们也会记得，他有时不免悲哀地想，"那个写出《二分之三》的人"也只写出这本巨著。

　　夏天的一次聚会上有个年轻人向他暗示了这一点，没有比这再委婉的忠告了。那个年轻人说："凭着那部传世之作，您可以此生都无忧无虑地享受生活。"几个作家附和了他这一说法。之后他们继续高谈文学、艺术，以及不管是有意还是无意高谈着最近正在创作的作品。大师第一次感觉到一丝落寞，尽管他从不把这些人放在眼里。即使到现在他以为他们也只是作家。大师只有一个，不管他的才华耗尽与否，可骨子里的关怀没有变，单凭这一点关怀，再加上已有的成功作品，他就无愧于大师的荣誉。

　　他是如此的自我，以至于他常常对朋友自嘲自己已经自信到自大的地步。但他相信这只是自信，几十年来他都是这么认为的。"至少自我膨胀"，他猜想，"还不是我当前这个状态"。秋末他给友人写信时还提到这件事，他求友人告诉他，起码在对方的眼里，自己是不是真到膨胀到了自大的地步。他把信寄给魏宁，那是他臆想中的朋友，因其《二分之三》里细致的刻画在十几年前就被喻为华语最出色的文学人物之一。他知道没必要守在家里等回信，他选择出外旅游来放松心情。然而他终于发现自己老了，除了整天窝在宾馆睡觉已无任何激情去游山玩水。意外的是他到家时收到魏宁的来信。空荡的信纸中央只有一句话，简短而确凿："你没有变，你还是你。"他抱着来信一天之内就索回了以前那么多被偷走的信心。虽然他知道，这八个字是在四川托一个宾馆服务生写下的。

躺在藤椅上他算了算，三十岁之前他用了十年的时间做杂役，写《二分之三》，再花两年的光阴等待成功，为了能成为职业作家，可以毫无所累地写作。二十年里他写了十几个短篇故事却篇篇幸运地被几家文学杂志让来让去最终发表在《故事会》；他写了六个长篇却被批评为三流电视剧的流水账脚本。由此他成就了肥皂剧皇帝罗伟，那几年整天下午的讨论剧本令他羞愧自己居然为赚钱与这种人粘在一起。后来这种人也因肺癌病故了。在罗伟的追悼会上他转变了自己的想法。"即使是再差的导演也比成不了大师的作家强，"他在墓前手持鲜花想，"就像花总是比草值钱。"

罗伟拍了大师的五部作品。生前大师始终没有将《二分之三》毁在罗伟手里。最后一部长篇他没有来得及拍，似乎是出于忠心，大师收回了《白色流淌一片》的拍摄权，没有再给年轻导演什么机会。

"或许是该认真地做一次忏悔，"他坐在桌前写道，"我曾做错太多事情，多到我已没有精心去专心做一件好事。"他的笔尖停了停，在后面加了个括号，"写一本好书。"十几年断断续续写那六部长篇故事，不管批评界的威力有多大，他内心总有个声音告诉他写这些垃圾不过是工作的一种，就好比他拿出同样的时间做买卖上班一样，他还有个比《二分之三》更严肃的长篇在脑子里呢。可是真奇怪，第六本书出版的那天他开始察觉心中那个严肃长篇的文学都流到那本书里了，他的才华被偷走了。

第二个春天四位立志写作的年轻人来拜访了他。他们环坐在大师的身前聆听经典是什么。"文学的经典。"他铿锵有力地说道,"你们觉得像我的《二分之三》翻译为十三国文字赚二十二种币纸的钱就是经典吗?"他语气有些激动地反问。答案是摇头,而出乎他所料,两男两女像军人一般整齐地点了点头。"稍等一下。"大师起身将他们丢在客厅,把自己反锁在卧室里。"或许需要个管家,"倚在被上他想,"在这个时候能把这些文学流氓撵走。"四个人在客厅候了三十分钟后,呼喊起大师。之后还是发生了令人尴尬的事情,赶来的警察将门踹开时看见大师站在阳台装作老年痴呆一般敲着额头道:"噢,我记忆越来越坏了。"

大师也忘记阅读经典给他带来的感受了。印象里仅仅是文字的解释凸现于感受的表面:"经典,能令聪明人激动的作品。"

四月份他买来了罗伟拍过的所有电视剧。连续看了十几个下午也无法搞清里面的人物关系,尽管他知道这些都是他写的。想想也是,这么多年了,写了几百万字,大师能记起来的人物只有魏宁,还有他的几个性伴侣。

因为买得多,换种说法是罗伟拍得多,碟店老板又送了他一套动画片。那时是日暮时分,春天的风似乎要将地球翻转。躺在床上他看着动画片激动地哭了出来。夜里他叫朋友送来了原著。只有两页,然而同样令人激动。五年前他曾生出过这样的迷信,何时体验到经典的感受,那就离再次写出经典不远了。

借着那种激动他写了一个短篇,讲一个女孩在平安夜被继母赶出去卖火柴,那时人们都在家中团圆,在无人街道上她思念祖母,祖母的幻象一直出现在划出火柴的光芒中。最终她死了。

后现代有种说法是对于经典的解读莫过于文本的重现。他也忘记是不是这么说的了。他觉得起码这掩示了自己新作的失败。

在夏天他得知自己成为那一年华语最高文学奖得主。"当然不是好消息。"他想。几年前他就宣称自己才不要候选那类似终身成就一般的奖像。那年他四十九岁，还不到五十，他觉得自己还可以写二十年。而且那一年他谎称自己在全心创造一本大部头的小说。被驯服的奖金当年被授予一位新加坡的诗人。大师自信在他得奖前大陆不会有任何一位作家能心安接受此奖。第二年他们把奖颁给台湾的一位小说家。第三年不知从哪挖来了一位荷兰人，不是华裔，一个纯种的用中文写作的荷兰人。到了第四年，刚好二十年，就像是讽刺，他们宣称大师因二十年前的《二分之三》当之无愧荣获此奖。

"或许是最后一篇佳作。"大师又坐回到桌前，他要撰写得奖感言。"才华是我的火柴，光芒是我的成就。"他行事日渐可笑，居然在纸上擦燃火柴来验证比喻是否得当。"没有错，最后一根火柴，"他写道："火柴熄灭，光芒尽散。"

作者简介
FEIYANG

蒋峰，男，1983年6月出生于吉林长春。2002年考入中国防卫科技学院，次年从该校退学。著有长篇小说《维以不永伤》《一，二，滑向铁轨的时光》《去年冬天我们都在干什么》《淡蓝时光》等，小说集《我打电话的地方》《才华是通行证》等，文集三部。（获第四届新概念作文大赛一等奖）

张丑结婚记 ◎文/邓若虚

　　这天早上，由于妻子上班匆忙，没能准备早饭，梁田老先生实在没能忍住饥饿，就把一串钥匙吞进了肚子。这年头，好吃懒做的人要是没了身边的人伺候，一般都会抓起身边的小玩意入肚充饥。这种铁制食品，年轻人容易消化，梁田虽然年事不高，但肠胃一向不好，所以晨练半圈，就嚷嚷小腹微痛，说要回家。他倒是想到了自己吃掉了家门的钥匙，准备在家门口来回踱步消化消化等妻子回来的，不料又看见家门口起灰的绿色小邮箱上似乎有一封信。以前那信箱小口看上去都是一片漆黑，今天远远就亮出一点白。梁田开始着急了，毕竟是很久没有收过信了，在家无事可做，收到任何消息也算有所收获的。梁田只好把妻子叫回来，磨蹭了一个多小时，将近中午，梁妻回来的时候，看见梁田一个人在家门口急得跺脚。两人一边互发牢骚，一边打开邮箱。信的内容果然十万火急，整整三页纸，远方的女儿详细叙述了自己恋爱三年，准备成家的计划。恋爱部分写得缠绵悱恻，成家部分意志坚决，写到这份上，两夫妻哪有反对的意见。信中附上一张结婚申请书，贴上恋爱对象张丑的一寸照片，平头，端正的容貌。实际上，来信目的便是要父母在这结婚申请书后签字同意。父母明白，如同千千万万的学有所成的小青年一般，他们的女儿现在也正步入了这样的时期。结婚的手续一般都是这样，首先要通过一个结婚考试，结婚教程是当今教育大纲里的最后一课，一般学成之后，男男女女都去参加时下热门的婚前培训班，内容从如何办理结婚手续到进入产房一并俱全。从他俩的结婚申请书来看，两人的结婚考试成绩优异，应当予以批准。

梁田当然一口答应，自己女儿长到这个时候了，也该有个港湾依靠了。但梁不用的三页来信也是考虑到了梁妻的想法，说实话，三年恋爱，她一直未敢动声色，她深知母亲在这方面挑剔。梁妻的心愿是，当然最好是家财万贯，英气逼人，而且在职业方面也有很高的限制。梁妻偏爱经商人才，在梁不用外出读书的时候就已经挑明，如果不是从事这一类职业，多半会是不喜欢的。梁妻在梁不用的法定物色男友年龄之前，就已列出几十条自己的要求，看梁妻这种倔犟性格，要是到时候不合她意，多半会在结婚申请书上拒签。所以三页长信，虽然真话不多，无一不是按照梁妻之愿来描述张丑，但想到通过初审重要，以后见面的事情也不再多去考虑。按照习俗，结婚一年后回娘家，那个时候此事再论也不迟。

对这对情侣来说，学业完成，结婚便是当务之急。结婚季两年一次，传统的说法是，赶上结婚季，算是赶上好运气。眼看结婚季就在明年年初，加上张丑的父亲张富催促，两人决定年初成婚。

做了这个决定，两人像翻过了一座山一样高兴欢呼起来。但梁不用和张丑还是有点担心的，关于梁妻的那个心病，还是一直都没有放下来。张丑就职于小偷公司，此类公司虽仅处于萌芽时期，但大有发展前途。民间有一句话说，以前老百姓的命运由富人决定，现在富人的命运由小偷决定。梁不用还是很有远见卓识，深知张丑虽稍微缺乏经商胆略和天赋，但凭其在自己行业的出色表现，同样能够生活幸福。而且张丑现在正在张富任经理的公司里发展，也会得到很好的照顾。梁不用对张丑的赏识，张丑经常是心怀感激的。梁妻这一关，张丑和梁不用都知道，很多事情都是不挑自明，要么就一骗到底。所以，不管结局怎样，他们还是因为结婚心切，准备蒙混过关，到时候母亲一明白情况，心想两人如此心心相印，不好拆散，以前那种苛刻的话也就忘得一干二净了。

这样一想，两人就盼星星盼月亮地盼到了年初的一天。

准备登记的那天晚上，两口子在自己的家里好好地尖叫了一番，然后拉钩十一点之后必须睡着，第二天能早早地起来办手续。实际上两人都没有睡着，这可想而知。像往常谁要是睡不着，都会叫醒对方讲个故事什么的，或者乱扯些东西，这天他们都拉过钩，又不敢暴露自己的激动情绪，这时候他们互相比起谁更冷静来了。女方苦苦熬到了三点才支持不住，男方意志力强，压根整晚就没有睡觉，而且越来越精神。盘算婚后喜酒的问题、家私的问题以及将来尿布奶粉的问题。喝喜酒到什么地方喝去呢，他的想法，是在这儿喝一趟，回梁不用娘家喝一趟，把认识的四面八方的朋友都请来。于是，怎么敬酒，拍谁的肩，握谁的手，这一系列就这么盘算出来了，就差没安上目录。这可是张丑一辈子最激动的一通宵，待到五点的时候，他再也憋不住了，上厕所，回来的时候故意弄出很大动静，把梁不用叫醒。梁不用是三点入睡，人的睡眠大抵是这样，午睡一般一两个小时，第一个小时人的神经是往下沉，第二个小时人是往上升，这一下一上一弹，人就算得到有效休息了。晚睡大抵是八个小时，前半截下沉，后半截上升，梁不用这才两个小时，还在往下沉，反弹过程还有六个小时就醒了，叫做睡眠不足。而且此时正在往下沉的人对声音是很不敏感的，梁不用一动不动。捱到了六点，张丑决定小憩半会儿，睁眼过了半小时，这回管它浮沉，立马把梁不用拍醒。费了一会儿的功夫，梁不用吱了一声，大抵七点，梁不用登时清醒的时候，就又与张丑回到了昨天的亢奋状态。

他们俩，是要去登记结婚的。初学者没有经验，上过时兴的系统的婚姻培训班，可到用时方恨少。婚姻办事处在八环以外，从市中心坐车，在车上睡了一大觉，到达已近正午。

张丑感叹道："原来这里这么多人哪！"

梁不用一看，都吓傻了，婚姻办事处广场塞满了人，人是一横一横地排着队的，照这样的架势，每个人出来的时候都是抱着一个孩子的。张丑幸亏是干过小偷这一行的，现在也在逐渐升入高层，坑蒙拐骗之类几大原则都熟记于心，插队一类小把戏就不在话下了。结婚心切，这时候也顾不上什么了。他拉着梁不用的手，好不容易东窜西窜地，心里想着小偷导论第N章如何挤人的几个基本原则，嘴里小声喊着："谢谢，谢谢，让一让，让一让……"然后就这样挤到了前几排，对梁不用说："我实在是挤不动了。"

梁不用目测了一下，从门口到末尾那第一排大概是一百米的距离，折回来第二排也就是两百米，自己现在是在第五排的位置，估算着一个人里面唠唠叨叨地填东填西也不知道要多久。这时她开始饿了，心想结婚可真是个体力和精神的大考验，自己定要和张丑度过难关。她昨天晚上激动过头睡得少，现在困饿交加，挤在数不清的人群中，实在又无计可施。看看张丑半睁的双眼，估计也是没睡好，现在说不定正处在睡眠边缘，还是不打搅为好。她想踮起脚尖看看排头的是怎样的一种状况，但只看到一个一个的人头。"饿了，"她听见张丑说。快到晚饭时间，被挤在广场中间的人民大众都脱不开身去买饭吃，啃着自己的衣服、书包。棉制食物都有压缩饼干的功效，在这个时候还是很管用的，可是到了晚上的时候，吃了衣服的人都感觉冷了，在一旁直哆嗦。梁不用看见前面有些人往地上垫了一张麻布，两个人睡在一起。梁不用想，怪不得，我说等这么长时间是为了什么呢，等的过程还可以把孩子给生出来呢！她正想向张丑提出这个建议，张丑站着一觉惊醒，一拍脑门："唉呀，我爸在这里认识一个人，咱们可以托他早点让咱们给办了呀。"梁不用顿时心花怒放，这事办得可是真利索。张丑带着他准媳妇，用了他的挤功，终于到达了结婚大厅，真是见到阳光了。只见一些穿蓝制服的工作人员微笑给他们指路，拿好结婚申请书，顺着三号登记口排队进入，进去一看，心想这里边的人不比外面少啊。可这里办事还是挺效率的，在工作人员的帮助下，他们先在一号柜台领了个空白小绿本，自己填好，贴上自己的大头照，交到二号柜台，盖章。虽然排队也费不少时间，但是流程还是很顺的。看着结婚证里的自己，两个人都心满意足地笑了。

　　打从生下来起，幼儿园，小学，中学一直到结婚，忙碌人生算一段落，能够稍微庆贺、小憩一会了。领到结婚证书的那天，虽然历尽千辛万苦，但最终苦尽甘来。夫妻俩准备好好庆贺一番，张丑那天彻夜未眠实行的计划都要通通实现，家里还算宽裕。今年小偷公司出台了一个新政策，实行因地偷窃原则，也就是说，比如在本市发达的东区，可以稍微多偷一些。这样张丑的工资也就提高了，家里也越来越宽裕了。年度偷窃案例有一例说的是一名小偷因偷了一富商的劳力士手表而引发长达半年社会争议，年末法院终审却从轻处罚，虽然法院此举还是略有不公，但判决书理直气壮，人民生活水平提高了，一块表也已经等于刮点皮毛。争议仍在继续，但这个给张丑家带来的信息是自己生活也将会越来越好，好日子在前头。毕竟自己也快升入部门主管，婚也结了，日子定是不用愁的。买了家私，请了喜酒，这一切都顺顺利利办完之后，梁不用准备把父母接到自己家来。毕竟到了这个年龄，跟自己一起享福，也是算尽了孝心。说是自己的职业一直都能蒙混过关，但真正面对一脸严肃的梁妻和满脸糊涂的梁田老先生，张丑还是有些紧张的。但时间一长，发现梁妻虽然看着厉害，还是很容易骗的。张丑有时候还编些自己作为一个成功商人如何叱咤风云的故事，逗得自己都想偷偷笑起来。他发现岳母虽然极其渴望一个商人女婿，却是对商界一窍不通，想来只是希望傍上个商人的荣誉名号，好给自己增光。张丑有时候跟梁不用说话的时候也不怕把自己的真实工作情况说出来，梁妻也无丝毫反应。张丑说："今年哪，我们公司打算在广东、上海、江苏、浙江等地各多建立十个工作点，估计年末就可以加倍收入。"这时梁不用就使劲儿对张丑使眼色，生怕母亲听出漏洞，然而母亲的反应让夫妻大喜，她或许已经默认了这个虽不从商但可以带来幸福生活的好女婿。

　　结婚三年，梁妻依然不变他的挑剔习惯，但子女都能明白经常牢骚几句也无伤家庭和睦。梁妻最看不惯的还是这房子的风水。当时张丑看房子的时候，实在觉得货真价实，只是有些人可能会对小区正对的自杀事务所心怀芥蒂。按老一辈的说法，这是风水不好，一般建房子都不会选这块地的。迫不得已选这块地，也是看出了他们的难处，算是照顾别人生意了。但梁妻一开始略感不适，现在叨着叨着就厉害了。

　　这也难怪，时间长了，埋怨也成了一种表达情感的方式。据说一年是纸婚，两年是布婚，三年是皮婚，现在三年了，过了皮婚，做个小总结，也证明这几年幸福走过。他们准备大花费一顿，然后准备生子计划。梁不用的同事朋友看见两口子闹得这么欢，都纷纷出谋划策。梁不用发现，单位一些年纪比较的大的人，看上去渐渐都跟其他同事不一样，平时眼神木讷，也少言语。梁不用单位里的好同事许浅说，这是最近时兴的一种手术成果，在医院和美容院一般都可以做到，而且现在更加普遍起来了。把人的壳给托出来，就等于从自己的体内扯出一个影子，然后替自己做惯常动作，现在一些将近退休的老同事，一般都想提前步入这个享福阶段，现在自己其实都躺在家里享福呢。基本上，这么神奇的事情听了会没人相信的，梁不用的吃惊程度被同事许浅斥为赶不上潮流。回去问张丑，张丑也说以前早听说了，这种美容术十年前叫成天价，现在小学生不想上学第二天一下决定就去做了，很便宜的，三百块钱一个，只是人年轻对皮肤不好，老了就没关系。梁不用心疼地对老公说，看你天天劳累，有时候还要应酬，回不了家，倒是可以做做这个的，就算是个皮婚纪念吧。这是个不错的决定，张丑做了后，梁不用也决定做了。刚巧，那天有件事情分不了身，这美容就用上了。帮做的那个职业美容师还说，一个月要回来护理一次，不然就很容易造成壳体不灵活，失去色泽。做得越贵，护理得越多，效果就越好。梁不用刚做出来的时候，真是脸上神采奕奕，觉得自己还真赶了一趟大潮流了。可没几个星期，就发现单位所有同事都做了，而且不少人还是花了大价钱，或者在专业医院认识熟人做的，有好几次，根本分不清来上班的是壳体还是实体。

梁不用没好意思去问，好不容易争来的一次机会，就这么被人给比下去了，好不冤。人总是在为自己长脸而奋斗。这次做个美容手术还不够值庆祝他们伟大的皮婚，老公又时常不在家，没人听她的苦恼忧愁。正好这天又听自己的同事许浅说，电视上有一个夫妻档节目，最近很火。梁不用平时也没少看那个节目，这个时候能够报名参加这节目，真是再好不过了。梁不用早就心中有数，她决定跟张丑朗诵一段《罗密欧与朱丽叶》。几天之后，他们房间里就不断传出"朱丽叶就是太阳！起来吧，美丽的太阳！"之类的强悍感叹。厅里坐着闲聊的梁田和梁妻有时候受不了这震动，就嚷嚷起来。

梁妻这时候牢骚是发的最多的，说张丑又不去上班，说这饭菜越来越差，说就是这房子风水不好。梁妻不了解，按照梁不用的想法，上个电视混了脸熟，等于以后会有多好的生活。梁不用说，据说，东区的一对夫妻，因为上了一期节目，被评为市里模范夫妻，现在家里红红火火，人走路都精神许多。张丑和梁不用，在练习《罗密欧与朱丽叶》选段的时候，突然大彻大悟，愿意放下现在的一切工作，为庆祝好这个永恒的皮婚，为成为下一季度的模范夫妻，为将来日子更加红红火火而豁出去了。不单是练习《罗密欧与朱丽叶》的选段，还要琢磨到时候怎么说，衣着，仪态，步伐，显得有修养，能说会道，受人敬佩。除此之外，从狄德罗的《百科全书》到《辞海》，基本上都翻过一遍。他们的计划是，要有了充分准备，才开始去报名，以一种全新的姿态面对大家，然后重新投入工作，享受生活。

难题出在了报名处上，电视台的报名地点并不如结婚办事处那天人那么多，可排到他们的时候，穿蓝制服的工作人员给他们生生泼了一盆凉水。

"结婚证。"她说道。

这个梁不用还是很细心的，夫妻档节目嘛，身份证，结婚证，甚至毕业证，房产证都带了，以备不时之需。梁不用把他们放在包里最里面，所以找也用了半天功夫，让那个穿蓝制服的小姐直皱眉。可后来穿蓝制服的小姐说：

"这哪是结婚证啊，这是绿本的呀。"

张丑跟她摆明事实：

"你说什么呀，这怎么不是结婚证，这是我们在婚姻办事处排了好长时间的队领到的。"

绿本封面写着"婚姻证明"四个字，梁不用摆给她看。

"你们真是莫名其妙，"穿蓝制服的小姐说，"这点常识也不懂吗？一男一女的结婚证是红色本的，俩男的结婚证是青色本的，俩女的结婚证是紫色本的，你们领的是单身证。"

看来还真是领错了，知道各证有颜色不同，但颜色太复杂，那天就没多管，以前倒是听人告诫过结婚时人多千万别领错证，造成以后干个什么事都会出麻烦，现在这事栽到自己头上来了。两人垂头丧气地回到了家，不敢跟自己的爸妈说。梁不用沉入低谷期，整天都不言语了。"叫你别粗心大意，弄错了吧。"还是许浅来偷偷告诉她，其实这也没什么大不了的。据统计，婚姻办事处工作量这么大，每天的错误就有百来个。这话让梁不用听了舒心，想上次去婚姻办事处看的那壮观的情侣里头，敢情有一半是领错重来的。

虽说许浅给她安慰，但是创伤不少，夫妻感情也突然陷入危机。问题也只是出在三年前的疏忽上，早知道上什么电视，一辈子不知道，也算结了婚的。从大学毕业到现在，又读婚姻培训班又找工作又对梁妻胆战心惊的，这一辈子算是只为了结婚一事，到头来给别人的证明却是单身。能找到个伴向来不容易，现在要证明有个伴更要花大心血。梁不用一下子觉得自己一事无成，那么多年的好日子都是虚的。可是许浅告诉她，这事是大有办法的，第一，托个熟人，或者能够找到他们是夫妻身份的证据，去法院开个证明，以后带着单身证，带着法院证明，什么事情都好办。其实这种法院的证明单，现在随处可见，许浅就从自己的抽屉里抽出一张，"喏，就是这个。"

梁不用才知道，这神秘的证明书，跟公司信笺一样，一拖出来就是一大摞。许浅的老公就是在法院做事的，经常抱一大摞证明单回去给儿子做草稿纸。

梁不用满心欢喜。这证明书看似普通，也显得得体、大方。梁不用读：

证明书

兹证明 ×× 与 ×× 同志，因结婚匆忙，错领结婚证。经鉴定，×× 与 ×× 同志为 ×× 关系，结婚证应为 ×× 色而非 ×× 色。对此，法院代表婚姻办事处向 ×× 与 ×× 同志诚恳道歉，并保证此类错误不再发生。

此证明有效期为十年

颁发日期 ×××× 年 ×× 月 ×× 日

证件编号 __ 缴字第 __ 号

"这个好，这个好，"梁不用感叹道，"可是有效期才十年哪。"

"十年还嫌少？"许浅说，"十年时间长着呢，到时候就当作锡婚纪念啦。"

可梁不用又一想，不行，她和张丑可都是有情人，不能被这么一张纸又给扳过来，出了这么大的事情，得堂堂正正地到婚姻办事处办一次，领个红本的。就当这三年白过了，反正一辈子想的就是结婚这么个事，如果不正正规规的，被一张纸给证明了，那活得就更难受了。所以，听许浅的第二个办法，还是赶个结婚季，到婚姻办事处再办一次。

张丑也是受了挺大打击，而且工作方面又很不顺，因为有一段时间都是壳体替他上班，有时候脑力不够，出了点严重错误，等他再垂头丧气重新工作的时候，才发现同事眼色不对。等梁不用告诉他自己的决定的时候，他不理不睬，就不耐烦哼了几句：

"去他的，我要失业了。"

"失业了？"梁不用吃惊地问。

"啊。"他答道。

"怎么失业了呢？你一直不是干得好好的吗？"

"真是，只不过耍了点小花样，在东区偷了点东西罢了。"

梁不用看张丑一点也没有要继续理会的意思，就睡了下去，梁不用也不便再问下去。自己在那儿想，在东区搜刮点东西，本来就是他的职务，东区一直就是他的主管领域，但听他这么一说，语气不对，多半也猜出个一二了。张丑肯定是心事重重，在街上玩起把戏，偷了别人的东西没交公。现在小偷偷了东西不交公的话判的是挺严重的，公司里扣奖金那是一定的，弄不好还得上法庭。这个罪名，轻的话得自首，自首迟了，等被偷的人上报公司，那可倒大霉了。梁不用的心扑通扑通跳起来，担心极了。心想自己的心上人张丑一生清明，怎么能做出这样的事情呢。小偷制度是这样的：被偷者一个月内会收到小偷公司的一张通知单，告诉他什么物品丢失，价值多少，然后获得他的签名同意，如果不同意的话，还可以返还。返还率与国家的繁荣富强是成反比的，最近国家返还比减少，不少小偷企业都得到了振兴，张丑的工资也涨到了月薪七千。可现在好景不长了，好端端的工作现在又没了。

工作一没，梁妻就要问个究竟了。到现在，两口子还不知道梁妻到底知不知道张丑的工作是什么，"经商好，经商好"还是梁妻不变的口头禅，两口子也总觉得梁妻实际上是默认了张丑的职业，对此没有反对意见。但真正要面对她的时候，给她一字一句说明真相的时候，又成一个大难题了。梁不用了解她母亲，一怒起来做出点什么疯事，拆散她两口子也不一定，这种笑话一出，还不让梁不用在单位里丢死人了，壮志雄心地想去再领一次结婚证的事想也别想了。

小偷管理制度很严，而且有几个月用壳体上班的无精打采，还有在公司犯的一些数据错误让他顿时失去威信，张丑这工作，如他所说，还真是失定了。两口子突然失去了资本，这到底让一直让人猜不透的梁妻起了疑心。对梁妻两口子都是避而不见，两口子向来对梁妻有过敏症。梁妻虽然以前牢骚不少，可都是小波小浪，天天这么过去就算。这时梁妻可算是抓到一个疑点，随时都会爆发个够了。

"风水不好，风水不好……你看你们这段时间，是遇到麻烦了吧……我知道你们不告诉我，我都想你爸这样糊涂了，还有谁要管我呢……张丑怎么老是不回来呢……就是风水不好，风水不好……"

张丑彻彻底底地失业了。为此梁不用气急败坏，三年来终于跟他吵上了一顿。

"怎么就失业了啊，你爸连个鬼忙都帮不上啊。"

"老是指望我爸，指望我爸，关键时候帮得了么……"

"我看你爸就真是个窝囊废，他还是不是你爸啊，什么事不管，受罪的就有你的份，说不定就故意坑你三年，缺不缺德啊！"

"你别老你爸你爸，那你自己的爸呢，整天糊里糊涂，死不吭声，跟个植物人似的，还有……你妈！就是你妈……有她一天我就不舒服，整天疑神疑鬼的，家里养这么两个怪物，谁看了舒服啊。"

梁不用看张丑真是打击太大，夫妻恩爱和睦相处了三年，到头来一串狠话扑过来，真让有人有点不认识他了。本想挽回僵局，怎料张丑火气愈加旺盛，继续骂道：

"还我爸我爸，那也没你妈麻烦。有她一天我们就没过过什么像样的夫妻生活。"

梁不用顿时回过去："过什么夫妻生活啊，你领证了吗？这三年咱们就是非法同居！"

这话给张丑真是当头一棒，他实在不想提这敏感话题了。他也没想好应该怎样处置这丢人事，倒是梁不用还能乐观面对，事实上，在张丑神魂颠倒的时候，梁不用，自己一个人在婚姻办事处上等了六个小时，这时间是不算长的，许浅告诉他之后，年末的结婚季第一天，她就早早地去排好了队。她本以为能够带着两个红本高高兴兴地蹦回家去跟正牌丈夫说，然后就万事大吉，再难也可以从头再来了。可那天结婚办事处没好脾气地告诉她，这个不能立即转红本，还得先填表，照相，然后等通知。梁不用怀揣着这个好消息，天天守在信箱旁边，等待举着红本告诉丈夫的那一天，不料却等来了一场架。小打小闹不要紧，这张丑一骂，让梁不用觉得自己实在看错人了。通知等了一个月还是没等着，心想自己肯定又干什么丢人事了吧，又让人给骗了吧，这回她实在不敢再向别人求助，以前出的这些洋相也够自己受的了。

　　梁不用过了些日子，自己也就缓了过来。有什么要紧的呢。跟一个没结婚的男人生活了三年，也算破了个小戒，偷着乐了三年。婚结不成，说明跟张丑缘还未到，不如就分手了。梁不用豁然开朗了，既然领的是单身证，不如也下个单身的决心，反正一辈子勤勤恳恳，尽了孝心，也算干成一件大事。想想她就感觉冤了，都走到皮婚的年头，好好的生活就让一个电视节目给毁了。她想了些如果从头再来，如何补救的办法。比如说，当时拍个皮婚纪念照，吃顿大餐，度个蜜月，也就足够了，想什么电视节目。比如说要上这个电视节目，也要做好多方面的准备，比如说张丑应该常去美容院护理，就是因为不常护理，壳体没有足够脑力支撑，工作又出了问题。再想下去，就想到自己为什么要出生上来了。说起来，那个自杀事务所，虽然不是什么好地方，但一直听梁妻念叨，还真对它产生了兴趣。这时，摆在她面前的有几条选择，第一，和张丑分手，由天命过单身的日子；第二，到婚姻办事处把自己的婚姻大事给办了，办彻底了；第三，到她眼前的自杀事务所把自己给办了。第一条显得很利索，随缘，料想会有好结果；第二条也就是照现在的状态下去，估计会把人折磨死；第三个会给自己，给他人，给国家带来一定的损失。第一条张丑最不能接受，第二条自己最不能接受，第三条父母最不能接受。梁不用在这三条徘徊忖度之中时，有一天回家，看见梁妻一脸牢骚，一气之下便选择了第三条。

　　张丑自从发怒以后，对妻子察言观色的中也看中了一二。张丑这天见梁不用夜不归家，心想她肯定是要跟自己闹分手了，懊恼中有几分不屑，准备跟她玩到底，反正自己先观察着，以后总有一方会投降。

可张丑没料到，自己竟然会在第二天早上看见梁不用的抽屉里摆着一份自杀申请表。

张丑脑子一时懵了。对于自杀的程序他是一窍不通，幸亏他发现抽屉躺着一张异常的白纸，拉出来，才知道自己已酿成大祸。现在是表见人不见，莫非人已一命呜呼？他忙往大街小巷的偏僻处寻找，料想自杀事务所应该会把自行解决了的人摆往此处，或者是附近一个墓地。但估计梁不用会死在街边，墓地的价位是很高的，梁不用不会轻易动家里的财产的。想起来梁不用真是一代贤妻啊。张丑后悔莫及，找了几天没找着影儿，家里梁妻走出走入，又开始发话道：

"梁不用怎么不回来了？她也失业了？没胆量回来了？……这里风水不好，风水不好……你们是不是要离婚了啊？……我说了，这里风水不好，风水不好。"

到头来老太太的确是说中了。张丑的打算是这样的，先缓一个月，到时候再跟老头老太太说，要么在这一个月里，也往自杀事务所跑一趟，顺便随爱人去了。

梁不用再见到张丑的时候，张丑想自己是来到阴间了。他闯进自杀事务所，梁不用就在第二个房间，门敞开着。张丑想，传说中的自杀事务所真是神奇无比，原来本身就是一个小阴间啊。张丑那个时候很激动，见到梁不用，喘了好几口气才高兴地说：

"行了吧行了吧，咱俩在这见着了，虽然在人世磨难不少，但终于到了阴间，咱们可要好好生活了。"

梁不用先是吃惊，听后回了一句："发什么神经啊，这还不是阴间呢。"

张丑向周围看了看，四壁阴冷。梁不用请他入座，然后就开始倒苦水了。自杀事务所程序也简单不了多少，填一份自杀申请表之后，还得接受半年的训练，最后体检成功，才能自由选择形式自杀，梁不用坦言，自己实在也有了反悔之心，但办个反悔程序也要费上挺长时间，不如就将计就计了。梁不用也向张丑介绍经验，自杀事务所这地方轻易不能进，进去了出来可要把你麻烦死，然后请张丑节哀顺变，自己挑个房间训练先住下，接受半年训练。或者两人可以申请一个夫妻房，这样死得也舒坦。张丑听上半天，才明白梁不用以为他也是来与尘世了决的，张丑告诉她自己只是家属探亲。但张丑又有些犹豫不决，因为婚姻办事处那天寄来了通知，而且附上了一个漂亮的红本，正正规规的张丑与梁不用的结婚证书。可听见梁不用如此坦然，又觉得她即使到阴间也生活幸福，自己也就有了动摇之心，也想填一张表去。这时梁不用差点给了他一个耳光。"有那么好的消息，在这磨蹭半天，不告诉我，是什么意思啊！"张丑一听，梁不用修炼这么久，原来对俗世还是放不下的，俗人就是俗人，到了阴间，装什么清静呢。张丑偷偷笑，试探道："可这一出去又麻烦了呀。"

"麻烦死也要见结婚证啊！"

梁不用瞪了他一眼，就要到柜台办退房手续。

作者简介
FEIYANG

邓若虚，女，1988 年生于广东，曾就读于天津商业大学英语系。12 岁开始写作，在《青年作家》《萌芽》《布老虎青春文学》等杂志发表文章。2005 年被授予"百名少年作家"称号，2006 年入围中国十大 80 后作家排行榜(女榜)。(第五届"新概念"作文大赛二等奖)

失乐园  ◎文／刘卫东

> 我要的不是一座普通的教堂，我要在人
> 间建筑一座伊甸园。
>
> ——罗伯特·舒乐

在陕北的黄土高原，黄河流域的边缘的窑洞是西北部贫瘠荒莽的原野之上最具有神秘主义色彩的建筑。沉默、木讷、古朴、安宁的黄土窑洞，在绿色的山脊上呢喃着，唱着歌。沿着黄土屋脊雄奇的山脉和黄河的古老河道，遥望吕梁山、六盘山以东的荒野，另一种神秘主义色彩的建筑沧桑的色彩流溢着，充满了晋西的金黄色，那是云冈石窟浮云流水一般的微笑的佛像石刻。这些石器、木质、砂石、茅草、瓷片、金箔、水墨构成的黄土长卷上，漫山的绿色从远古消逝，只留下粗糙的花纹和甲骨文字的哀愁，陕北的黄土窑洞和这流水般的云冈石窟雕刻下来的微笑。

我像一粒种子，被青鸟和云朵带到了武周山下。

在武周山麓之下，绿色的屋瓦、黛蓝的水痕、飞翔的青鸟在石刻上入梦。这些古老陈旧的瓦片和雨水都在缓缓地张开嘴巴，呼吸，吐纳，伸展身体。从黄土高原的脊背上遥望这东方纯净的石刻，佛像的微笑有一种晶亮的光泽，繁体的文字，简洁的壁画，像是七彩的天空，

朵朵白云。青黑色的梅花篆字，泛黄的经文，竹简浸渍在流水里，我手掌里的种子和沾满泥土的化石映照着武周山的光辉。

武周山下，云冈石窟始凿于北魏兴安二年（公元453年），大部分完成于北魏迁都洛阳之前（公元494年）。在云冈石窟的浮云下，青色的河谷，冷黑色的佛龛，这些石刻丰满圆润，双耳垂肩，双目有神，两肩宽厚，它们安稳地栖居在石崖上。这些石刻的线条朴秀、清丽、媚艳，与甲骨文、金文、青铜篆文的笔触不同，它是飘渺的，虚空的，石像的本质只是游人的一种欲念，它像青山下的流水，不停地清洗着云冈石窟沉寂的记忆。

石窟依山而凿，东西绵亘，气势恢弘，但它内心的柔软、细腻、婉媚都与古代建筑的气质不同，远望这绵延在山地间的石刻，透过绿色葱郁的树木，你看到的是一片绿色。黄土、古木、石器，这些元素构成了黄土高原的灵魂。水墨和古文字、山脊构成了云冈石窟形而上的寓意，白云悠然地漂浮在微笑的石窟佛像之上，流水穿过黄土河道，直奔东南，陡峭的崖壁，曲折盘旋的山谷，蜿蜒着，吟唱着，随着呼吸起伏。

在这些古代遗留的建筑物和采用不同几何形状构筑的金粉迷失的云冈石刻中，可以读到佛经故事与经文。花冠精细、衣纹流畅的石刻，线条优美，浮雕生动，这一切都与我梦中的那个绿色的花园如此相似，或者是它是一个启示，假象，但这石器中却是藏着汉字的真身。那是云冈石窟之上的云朵。

当你在如此神秘的建筑和微笑之前产生疑惑的时候，你只能在古代的建筑师的作品中去寻找这些菩萨、力士、飞天的存在意义。它们两颊腴润，体态丰满，形态自然，衣纹流畅。它包括建筑的意义以及人如何面对时间的流逝、风蚀、流水的浸渍保存高贵灵魂的方法。乐伎、舞伎在石刻中沉思着，舞蹈着，它们的身躯已经融化成这武周山的一部分。所有的烦恼和哀愁都消逝了。

武周山下，天似穹庐，四野茫茫，古人看到的是云冈的黄昏落日。

在黄河流域没有文字记载的时代，建筑的意义首先是一种启示，建筑活动本身是一种苦行。这些木石建筑，栖居着古人沧桑的灵魂和疲惫的身体。流水冲刷着菩提，如今云冈石窟的石刻只剩下浮雕的微笑。微笑不会腐朽、衰败，只会如流水一样深入人心、山谷，渗透到现代人的梦境中。

这个寓言的本质意义是指向建筑内部的一种暗示，它与 1968 年建筑师罗伯特·舒乐的预言和结论是一致的。建筑师罗伯特·舒乐所说的伊甸园只属于基督。

1968 年的春天罗伯特·舒乐告诉设计师菲利普·约翰逊关于他对建筑的理解与构想，"我要的不是一座普通的教堂，我要在人间建筑一座伊甸园。"菲利普·约翰逊在他的设计理念里否定了这种设想，因为他的设计是在一个人性的真空里用线条、力学曲线、数据、审美意向做出的实验，没有人知道他怎么理解和解释 1968 年的第三世界的那些"上帝之城"的街角里的帐篷、汽油桶、茅舍和沙漠里的泥土建筑。约翰逊不会针对上帝的城市里的棚屋、疑惑的残障者、双语使用者的哀伤做出判断，只有舒乐会认真地用玻璃和几何线条建造悲悯的伊甸园。然而云冈石窟的建筑，佛的微笑，不是 1968 年的达达和朋克将愤怒、同情与虚无用金属和知识的利刃混合在一起，用涂鸦的形式宣告这种理论的消亡这么简单。神父的话依然在起着寓言的作用。科学的知识和数字化的建筑，文学世界的诗意依然统治着建筑的身体，艺术家和贫困的诗人得到的只是灵魂的躯壳，罗伯特·舒乐的建筑理念与北魏兴安二年（公元 453 年）的君主之间并不存在本质的区别，它们都是人类心灵中萌发的一粒种子。

时间就是一粒种子，需要雨水、节气、温度、养分它才能结出果实。我在更多的时候像是从汉语言的母体里成长起来的一粒草籽，让我对这武周山下的云冈石窟有着更为感性的理解。这粒种子要离开盛产民谣和疾病的城市的汽油桶、沙漠里的帐篷、贫民窟，重返伊甸园。

伊甸园，The Garden of Eden。

　　站在武周山下，你会对这纯净之地产生一种错觉。本质上它与这云冈石窟石刻的琉璃净土都只是一种现实之外的乐园，但是繁密的汉字似乎记载的却是纯净的土地，它的确存在于云冈石窟，或者更遥远黄土高原的山谷、窑洞、山梁。黄土是纯净的，这壁画也是清洁的，云冈石窟留下的不是时间的躯壳，风云侵蚀并不能改变建筑的本质。我从一个遥远的城市来到这里，看到的是它的肉体与灵魂。你在凝视中可以看到它的眼睛，那深邃如河流的目光，慈悲的凝视着山脚下的游人和流云、树木、沙石、落叶。贫困的、骄傲的、暴戾的、悲悯的、轻薄的性格，心灵都是这些肉体的折射，一种生命展现，在这个痛苦的过程中，人类建造起直达窟顶的方形塔柱、构图繁杂、玲珑精巧、引人注目的佛雕。

　　黄昏的时候，站在武周山下，我抬头看到的是手执弦管、打击乐器的石刻乐伎。五头六臂乘孔雀的鸠摩罗天，琉璃瓦顶，雕饰精美，姿态飘逸。没有烦恼与苦痛的鸠摩罗天和这云冈的流云一样姿态轻盈，美妙。

　　佛的慈悲与微笑，这是纯净之地，琉璃的光辉晶莹剔透，清澈、明媚。纯净的种子。

　　神父说，在伊甸园里人类纯洁的心灵受到了引诱。当你的视野里出现的不再是黄土高原的火焰绿，而是沙漠里的帐篷、草原上的敖包、工业城市郊区的汽油桶、铁锈、乌黑而原始的狩猎工具、雕刻石器、砍砸器、火镰，建筑的意义就彻底紊乱了。云冈石窟的佛像，菩提的微笑给予我的这是关于建筑的启示，茫茫的黄河文明之外，我像一个虚伪的艺术家一样，在戈壁滩上喘息。

　　在岩画和彩陶的对立面，是懂得政治权利的知识分子和勤恳的传教士。流水、月光、桂花，这些古典的影子已经从乐园消失了。失意者、流浪人、乞讨者，他们的只能在废弃的汽油桶里烂醉，陷入愤怒、嫉妒、悲伤。

　　这一切与罪恶、道德无关，它只是一粒种子的迷失。在混乱喧杂的街头和现代主义的夹缝中，它褪色了。绿色的光已经涣散。

视野逐渐扩散，是沙漠中的海市蜃楼与文明绿色的橄榄树、黑森林。在云冈石窟的意象之外，我寻找着建筑师罗伯特·舒乐所设计的水晶教堂。清澈的花纹，明亮的光线，它代表的是一种无邪而纯净的艺术。因为无论在设计师还是畅销书作家的观念里，童话依然存在，苦涩的橄榄枝依然具有经济价值。

中世纪的祭祀抚摸着经文在讨论基督的身体与圣母的时候，他们担忧自由与权力的辩论会导致人们对信仰的质疑。而那些漫步云端建筑高层商业大楼的芝加哥学派的设计师则直接将新的材料和技术填充到建筑物的内部，创造出新的身体。在伪现代艺术的观念体系里，流浪汉、窃贼、道德败坏的瘾君子、同性恋只能居住在汽油桶和棚屋里，这是神圣而自然的法则。在这个混沌的空间里滋生着暴力与犯罪、毒品，也包括新的街头音乐和说唱艺术。

在庞大的城市里我寻找着云冈石窟山谷里的那种绿色。当火车穿过华北平原，黄土高原，起伏的土浪像远山下的麦田，那种绿色使我嗅到涩涩的芬芳。这些绿色凝固在山色里，我从南国的水稻一直向北方追溯，直到这云冈石窟之下的松木。老实的火车窗外，清凉的绿色平静的流淌着，像是风筝和鸥鸟那摇曳的线路。飘过那些居住在贫民窟里的孩子疲惫的眼睛，飘过天空，没有时间和方位的概念。

逃离那个逼人说谎的城市，我在武周山下的云冈寻找我的绿色精灵。

我的菩提树，Ficus religosa，深绿色，有光泽，不沾灰尘的菩提树，枝叶扶疏，浓荫覆地。我在云冈石窟的山崖上静静的看着流水和浮云从我的眼前飘过，仿佛时间不曾逝去，绿色的精灵就在我的衣袖中沉睡。大地如此安宁，山色明媚。我的菩提树像婴儿一样纯净，白如霜雪，有着明亮的眼睛。

快节奏的舞曲和杂乱的语言都指向一个语义中心，"妈妈，我想在黑暗中找到回家的路。"这句话可以用另一个德国诗人的诗歌来替换，

"在柔媚的湛蓝中，教堂钟楼盛开金属尖顶。燕语低回，蔚蓝萦怀。"这是荷尔德林的混沌空间，它甚至允许读者在这教堂里涂鸦，是混沌，也属于涅磐，属于陈旧而落寞的云冈石窟悲观的微笑。是的，法官是公正的，神是仁慈的，但是我们，无家可归。

是的。每一个人都无家可归，政治家和经济学家不断对城区进行大规模的改造、拆迁，诗人已经不懂得像古埃及劳动者使用棕榈木、芦苇、纸草、粘土和土坯建造房屋，那些绿色已经枯竭了。是的，我所寻找的只是七彩云朵之下的一颗绿色的小树，绿色的精灵，它生长在云冈石窟的流水和浮云深处。那是纯净的泥土和新鲜的琉璃瓦映照的童话世界。

武周山下，云冈石窟佛雕的微笑令人悲伤，剥落的色彩、腐蚀的石块，被流水带走了。原始粗糙的佛像，它的微笑是苦涩的。而我们怎能如此悲伤的走回家？

伊甸园，The Garden of Eden。我的菩提精灵，云冈的云朵，请带我去远方。

作者简介
FEIYANG

刘卫东，网名周语，1983 年生，现居北京。在《萌芽》《青年文学》等发表文章，出版有散文集《指尖流水》。获第四届、五届新概念作文大赛一等奖。

第4章

青涩年华

恋上阿波罗的柯莱蒂，追不上太阳，

就在原地做一株葵花

夏天以后  ◎文/范书铭

　　当人人都准备收拾课本回家去睡的时候，门外埋伏已久的老家伙老是会突然杀进来，一个也没跑。我们气急败坏，他却下压双手以示镇定。外面很吵，就像小时候有爆米花卖的乡场，把口哨吹得跟课铃一样嘹亮的八成是小六，也只有他能把见姑娘的急迫心情表达得如此到位，坐我后面总嫌自己还不够瘦的姑娘还想着跟着电视里跳一段瑜珈，而我想睡觉，总之没人愿意面对这张老脸，大家都有自己的事要做，时间不等人。他往往会在黑板的空隙处写几句抄来的话，时而培根，时而校长的，动作迟缓，以示郑重。接着娓娓道来非常时期的冲刺精神。我想，满屋子的人原本都是没有思想意志的，后来才慢慢有了，得益于被他的意志反复强暴后才派生出来，过程很艰辛，就像分娩，让人享受喜欢不起来。老家伙姓袁，脸却是地道的扁，灯光合适角度适宜才能成像，跟门缝夹出来似的。毛毛曾偷偷给我说，那是前几届的一个劲爆的家伙一凳子拍出来的，由于目前在座各位还没人上去再上去努力一把，也就没人打断他一直说个不停，其实我私下觉得毛毛是挺合适的人选，他在我眼里更劲爆，但他说现在凳子都换成椅子了，工具不顺手，操作起来难度大，就作罢了。教师里我和毛毛的位置最糟糕，我的位置离空调最近，后面的人老是吵着热，怎么冷怎么开，

结果开再冷他们还是热，再不怎么开我也冷。毛毛的位置离垃圾桶最近，女生发酵的零食细微的灰尘以及不知名的东西混合一起挥发出来的味道，就像老家伙说话方式和内容一样令人不堪一击，他说话的时候，总是有人出神。这里是症结，是毒瘤，是罪恶源头所在。而毛毛是我同桌，所以有必要一起承担分享这些苦难。第一排，你睡觉，他会很快把你敲起来，让人一点办法没有。由于常年斜视，让我们在很长一段时间里和人说话也得歪头斜眼，给人不诚恳不可信赖的感觉，这一度让我苦恼。你知道吗，那时候我在想什么，你猜得到的是，我想过你，而你不知道的是，可以肯定不是想你最多，而是其他一些问题。垃圾桶臭得让人担心，所以你当时看到我一定会不高兴，以为我多愁善感，因为我总在挤眉弄眼驱赶蚊虫迎面流泪。告诉你吧，什么时候才生出虫子来，那时候我想得最多的就是这个，你知道么，我很期待。我想在离开时用虫子塞他满头满脑，耳朵也不放过。这样还不行，他一定会扭动肥大的屁股，还要用刀架着他，不许挣扎，就像电影里的劫持。他一定告不了我抢劫，因为我不但没要他东西，相反还给了不少。如果没在想这个，跑不了就在想，人到了这个年纪是不是都不急着回家抱老婆了，而乐意从事精神活动。

我把这些一五一十说给小冰块听的时候，她就不吃东西了，停下来一脸愤怒地望着我，像才放出来的食肉生物，而我是块肉。她责怪我不应该把这么恶心的想法说出来，想已经很恶劣了，为什么还非得说出来，害得她没法吃东西。我喜欢看到她这个样子，两划眉毛扭成一颗纽扣，也就没有停住，我有我的打算，于是还学起了虫子蠕动，我们的小冰块同学飞快扔下棉花糖就跑进厕所了，我的目的实现了，兴致很高地拿起那半朵棉花糖吃起来，我已经吃过一朵了，为了不至于浪费又接着吃她的，她的是水蜜桃味。

她出来时脸上湿漉漉的，洗过一次脸，像新鲜上市刷洗过的桃子。她说，我就不信你们老师就这样对你，你高三是怎么过来的呀。这一问不重不轻正好问到我的难处了，因为具体怎么过的我已经给忘了，这样的答案明显令她不能接受。后来她用地道的女子搏击术给了我一下，你这家伙是不是跟我们有仇啊，哪有你说的那么坏，再这样我就要不起你了，你又不喜欢我们老师。又过了一会她又补了两下，说实话这次她动用了真本领，打得我很疼。她俯过来望着我，就算你到了那把年纪也得给我乖乖早早回家。这样的举动让我陶醉，她已经提前进入角色了，想到很远，一直到我们很老，还一直到我老了以后的精神活动。其实我佩服她的地方正是我没有的，她的理解能力让很多人琢磨不定，也包括我，看待问题需要时间逐一深入再逐一排除，层层推进，猝不及防。据说，写诗的姑娘都是这特点：反应慢，有点木，却是十足地道可爱，你得放慢思维才能满心欢喜。

我们有很长时间没说话，我几乎都要认定她睡着了，再开口时是她乍然而起，她发现那半朵棉花糖不翼而飞要讨个说法。我拍拍肚子，飞不到哪去，里面忙着循环呢。她恍然大悟，又恍然大悟地闹起脾气，说，我就知道哪有这种事，原来你瞎编一个故事蒙我，好趁机吃掉我的对不对。我会哄她的，在她需要时我就成了药 Placebo，安慰剂，事实上没哪个女的不喜欢这个。我需要一个很妙的说法，让她感受到即使我吃了她的棉花糖也是为了她好。我说，晚上吃甜的东西容易发胖对牙齿也不好，我知道小冰块姑娘是绝不轻易浪费的好姑娘，我就代劳了。我清楚这种方法对于解除一个女孩子的怒气远远不够，很妙的说法这一刻不属于我，或者说妙不妙的审判权只属于她，并没有我什么事。我猜她会不依不饶，果然一定要我下楼再买一朵补偿她，她明确表态自己生气不单是因为我吃了她的，更因为我没说实话随便编了一个事儿蒙她，这对相爱的人来说是非常不好的，使小心眼容易导致凝聚力消散，跟脱钙一个道理，所以就一定得去买，长点儿记性，不然就一直别扭，谁也别想好过。我是爱眼前这个姑娘的，我愿意为她早些回家，为她不长胖而自己长胖，必要时变成药，或者其他的事也会有呼必应。但她这样一说，我就觉得难受了，因为她不信我说的话，也因为这时电梯正在检修，我们位于二十三楼。最悲哀的也正是这点，我得来回爬将近五十楼以成全她的判断是正确的，证实我没对她诚恳。

　　我已经有一年没见过那老家伙了，如果可以，我希望是一生。在长期斗争中自然记得些事，重庆的夏天很热，每年都热，所以夏天过得都差不太多，游游泳抓抓狂，哪年不热必定印象深刻，去年夏天也很热，足以说明这事挺牢固，意义非凡。傍晚气温并没降多少，很多人都懒得出门，这样可以避开许多人，我夹着一条烟敲开他家的门。

　　当夏天开始时我有了新的打算，关于新的生活，其中一个步骤就是不再和以前任何人任何事产生瓜葛。旧得发霉新得彻底就是我的想法。他是我见的最后一个人，为什么是他而不是我的兄弟毛毛，其背后意义可谓寓意深长，因为必须得从他手里捧过录取通知书，这个毛毛给不了我。

　　老袁夹着那只再熟悉不过的水壶来到我面前，这就是当时情形痛苦的开始。需要说明的是，每回见到这只水壶时都是他一通长篇大论的开始。我的心情很糟糕，他接下去会有很多话，很明显他很乐意继续指导我以后的生活，这无可避免，我是自己送上门的，他一定以为我听他说话有多迫切。我不是坐以待毙的人，当即决定反客为主，一股脑把在家演练好的客套话复述了一遍，先把好听的说完，祈祷听到的也不至于太难听。

　　他后来果然说了很多，我也说了不少，这使得我们的交流更像是激辩而不是攀谈。当时我心里很乱，和他说话时我总是这样。只有想到小冰块的时候才稍微平静一点，一个是未来的人，一个是以前的人，我会想谁立马就能分辨，那时候我在意的只是未来。

　　小冰块，而你就是我的未来。

　　小冰块听后嘻嘻哈哈并没有以"小石头你也是我的未来"回应，她的回答没那么让人情绪激动，却更为实在。小冰块说你和诗对我说是最重要的，排名不分先后哟。只要不是再冒出一个男的来和我排名不分先后，似乎这样的说法都是可以接受的，我不是小气的人，可我还是想争取下脱颖而出，我把这样的想法告诉她，她很认真地对我说，可是以前你对我说过，因为我写诗，你才喜欢我的。我很想捧着她的脸亲一口，告诉她哪有这种事，你写得好我就喜欢你，哪天写得不好了或者不想写了，我就不爱你了。发生在你身上的任何事只是一种点缀，像吊链一样让形象更丰富，即使没有，形象也不会就此模糊。买椟还珠的事两千多年前就被嘲笑了，两千多年后，我不能再干。但我没有把想法转化为行动，是不想又给她理由说我耍流氓。

　　我知道有种手段对于消除一个姑娘的单方面恋爱行之有效，你得转移她的注意力，作为一个女孩子还有很多事值得担心，而且件件都是大事。几个月前我就成功地干过一次，那时候正值暑假，只要电话只响两声就断了就是号角响起，我就会很焦躁，丢下所有事带上东西就往她家楼下跑，见到她我会例行公事地安慰几句，安慰的话是最没法翻新的，故而办法不多，效果不明显。这样就需要一些外部辅助了。好在我够聪明，我会从包里变出许多女孩子热爱的东西，有时候是少女漫画有时候是才买到的可爱小玩意，更多的是果冻，还有化掉一半的可爱多。吃的是从家里小门市拿的，问题不大。但需要跑很快，不然全化在包里就一点也不可爱了。她家住二楼，我就把这些一件件扔上去，她趴在那里吃着冰棍对我笑和我说话，像极了中世纪被囚禁于家的少女和她的情人。总之她需要时我就应该出现，不让她感觉自己始终只是一个人，让她感觉我是一个热心的人。再后来，我妈妈很疑惑小店里生意不错，为什么总赚不了钱；再后来，她走出了单恋的困扰，沉溺于体重的困扰；再后来我家因为不赚钱关了店面，小冰块成了我的女朋友，一下子从中世纪又回到这个花花世界。

　　说到小冰块是这样的。她说自己是一个写诗的姑娘。这很难能可贵，很多人是我身边所没有的，比如杀手，比如写诗的姑娘。所以当她问我觉得她哪里好的时候，我很老实地告诉她，我喜欢有意思的人，写诗的人不会没意思到哪里去。还有一个原因是献给我妈的，都吃了我家那么多东西，不骗回去当儿媳妇的话，她老人家也太吃亏了。

  我家一度开了家小店，各种味道充斥其中。众所周知，有些东西是很香的，各种东西混合在一起就不甚了了。有时候小冰块过来找我的时候，刚洗完澡就会带来花露水的味道，有时候又是香水的香气，这样就多一种气味了，这感觉让我很沉迷，这是恋爱中的人才有的表现，她想引起我的注意，让我明白这一切都是为了谁。闻不到的话时间一长就会表现得很难受，要闷死掉,作为回馈。对于一个漂亮的姑娘，这样的表现值得称道。

  后来政府搬迁，爸爸上班远了很多，就另外买了房，他们上班生活都要方便点，管儿子的人也就少了很多，每周打电话来遥控我，空闻其声不见其人。小冰块成了我的女主人，每天早上过来做两只荷包蛋，一人一只。她会为我洗脏衣服脏袜子，却坚决抵制为我洗内衣。她说这些都得放到结婚后再说，不论我再怎么求她媳妇儿叫得再动听她也不为所动。她说不是我们还没领本么，现在这些事都不自己干，真叫人灰心绝望。为了她不绝望，脏东西都到床底了，不难想见，接吻这样的事她也坚决要求放到以后，每当我感情饱满准备正当表达的时候，她都会大叫你个臭流氓，被女朋友管叫流氓已经是可悲的事了，还得加上臭，这说明我真不是个成功的流氓，有点烍。我们过的始终是清教徒的生活，这样的生活特征就是：结婚前接吻就是臭流氓，结婚后耍流氓才是好男人。

  我们还有很多事可干，看最新的碟片，用电脑放小冰块打小热爱的滨崎步，或者同时读一本小说，她总是磨蹭，看一页很麻烦，导致我只能从后看起，就像我们的生活，没日没夜前后错落。不过却从来没见过她在我面前诗意大发吟唱几句，这让我很好奇，想尽一切办法引诱她，她就是不说，还叫我死心，我是一点办法也没有。到她家去的时候我也偷偷翻过她的东西，依然一无所获，就像没有这回事，又是我自己想出来的一样。

这一年我们都在上大学，小冰块在师范学校里待几年后出来就做人民老师，这点让我很反感，有老袁示范在前，让我的心灵对灵魂工程师很抵触。但出来后做文秘被老板动手动脚似乎更糟糕，我也不希望她做公务员抛头露面，我相信她是一个写诗的姑娘，每天动一动笔却与乏味的文件无关才是她该过上的生活。也正是这一年，我领悟到钱的迫切性，很多的钱才行，来成全她的衣食无忧和我的想象。

十多年的寄居生涯让我从小就是个野孩子，去过很多地方，和小冰块说这些的时候，她基本插不进嘴，只是听我说。她是在家被关大的孩子，成年以前一度以为每个家伙都是被关大的。她说这些话的时候我很心疼，她总是有办法把话说得让人心疼到说不出话来，不像我说话只会让人讨厌。我们拿出地图来穷翻八翻，望梅止渴，渴望一起远行。蓝水笔的圈是我去过的地方，红色的是她想去而没去的，密密麻麻，真是很漫长的一段旅途。小冰块捧着地图对着圈发怔，伤感地说，等这些地方我们全去过了，我们会不会已经五十岁了，又或者等我们有钱了五十岁出发，走完这么一圈，我们已经死掉了吧。她目光黯淡神色忧伤，我就不能再表达相同情绪了，我得带动她，像马达一样旋转。我抱着她说哪能呀，很快我们就会有钱的，有很多钱，写诗的家伙怎么可以老待在一个地方不动，大好河山谁去歌颂呀。真的，很快我们就会有钱的。

暑假里，我搬过去和我堂妹一起住，她在附近学校念高三，房子是我们租来的，因为很大，还住进了不少奇奇怪怪的人。这意味着小冰块过来见我一次，得在汽车上颠簸一个钟头，这让她很不满同时也很困惑，依照她的理解，上班还是很遥远的事。

我清楚记得我已经有三年没见过我堂妹了，无论丧葬喜庆各种场合无一例外，原因是什么我也说不大清楚。很可能是我高三时太忙了，没工夫联系亲戚们。等我有工夫的时候她又高三，没工夫联系我。说实话，我并不了解她，她现在要读书，要做饭，自然更没工夫了解我。

　　旅行社的老板一再强调，既然已经选择做这一行了，微笑最为重要，面对客户时就算心里想打死他，也得给我一脸灿烂，这些可都是我们白花花的银子呀。这让我觉得自己像一只狗，为骨头悲喜，摇尾打转。我是一个不擅长笑的人，对着我妈是这样，对着小冰块还是这样，小冰块就曾批评过我，不要老像阅透苍凉受尽蛮荒，这样就不活泼了，我一直没听她的话。现在每天下来脸都紧紧的了，很多时候我实在笑不出来就借故跑去厕所打通电话，我会告诉她，我很想她，还会很高兴地告诉她，你知道么其实搞旅游还挺赚钱的，等我把行情弄清楚了我们出门就不会让别人赚钱了。你知道么李姐对我可好了，每天都能听到新笑话，回去就讲你听。你知道么我辛苦这几年，我们就有钱了，你可以安心写你的诗不用当老师了，或许我们不用三十岁再远行了。小冰块会在电话里咯咯地笑，虽然我自己不喜欢笑，却不代表我不乐意听到她笑。她还会说，笨蛋，我不希望你现在就这么辛苦，我会心疼。我就会说，我愿意做笨蛋。

　　回到住的地方，我虽然很累也要监督堂妹学习。我会以一个过来人的身份说一些很恶心的话。只有她房门紧闭做起理科练习，我才有机会，小冰块来找我神不知鬼不觉的。

　　倘若天色还早，我会拉小冰块去附近的教堂。我拉着小冰块的手，我很爱她，为她讲过许多故事，却没有完整地说过我的故事。我开玩笑说，以后我们结婚就选这种地方得了，大家可以见证，这样亲你就不算耍流氓。小冰块歪着嘴巴说，你想也别想，我妈说了，要结婚也要搞中式的，我穿旗袍比较好看，你穿财主一样的衣服一定很好玩。这让我很疑惑，到底是谁和谁结婚。

　　一站地以外的罗汉寺香火兴盛，那里是《疯狂的石头》的外景地，现在更是龙蛇混杂。小冰块非得带我去找一个半生坎坷却据说擅长替别人解梦的老和尚问姻缘，在收取五十块钱后，他鼓捣一阵得出一个结论：不可说。这让我很气愤，早点说不能说就别收五十块呀，这三个字就要五十块钱他别当和尚好了，去当金庸。但小冰块不这样想，老和尚让她觉得我们的爱情有了一种神秘的氛围。她的意思是，我们会经历风风雨雨，却义无反顾，过程艰辛结果甜蜜。我们都还很年轻，有的是理由相爱和期待美好。

这一年，重庆热。有一天小冰块跑来要我陪她到山上凉快一下，我说每年都热不独今年呀。她说这次不同了，电视说今年是五十年一遇的，我很兴奋，因为能不能再经历个五十年一遇一切都还难说。小冰块说，你瞎兴奋个什么劲儿，你没发现知了都不叫了么。她的话让我冷静了点，说，城里本来就没有知了。待在我们租的地方，有时候小冰块会带衣服过来，每天晚上要洗很多次，才能睡觉。有时候就穿我的衬衫，就像在我家里时一样，把自己裹个严实。厕所的门板有一个是松动的，随时可以取下来，还是像我家里时一样。每次她要洗澡前，我都会取下。说不清楚为什么要这样做，不知道说出来你信不信，这样干的动机一点也不色情。这样干的时候，我想得最多的不是小冰块的身体，而是她在干什么，有没有唱歌，知道我在看她会不会难为情。那条缝看进去只能看到小腿，下滑的泡沫，地上的水花。这些让我兴奋起来。塞尚在大溪地的时候得出过结论，人一辈子难免要冲动几回，所以他在那里为所欲为时常冲动，麻将桌上又有人提出不同观点说，冲动是魔鬼。很显然塞尚死去已久，对我没什么约束力，我就从来没有破门而入过，我的冲动和他不是一回事。我想每个人都有过这个时刻，为一个看似可笑的事瞎激动，有一种一力完成的快感，我干了，小冰块却不知道就等于我没干，至少老袁就是这样的人，小心翼翼伸手进入我课桌的肚子里，掏出我的心脏，但是没了心脏这事我知道。如果我是他就一定专业得多，想知道就复制一份慢慢研究，原封不动皆大欢喜。

小冰块是个写诗的姑娘，让我爱得发狂，每天我都会给她讲故事。据说当时她愿意和我在一起不只因为我把她养得胖胖的，更因为我答应她会一直给她说故事。我会讲听来的有意思的事，有时候一连几天没听到有意思的事，来源枯竭，就得伪装成小说家自己编，有时候也说自己的事，遇见的人。只有这个才是取之不尽的宝藏，过去这二十年得再花二十年讲出来才算完完整整。我说老袁对喜欢的女学生表达方式很奇特，他喜欢摸她们的脖子，无论寒暑，一边摸一边说，我有个女儿就好了。都说女如父，那一定早就考上北大了。我的内心世界很矛盾，实在想不出考北大和做她女儿有什么联系，一会儿庆幸不会被摸一会儿又很悲哀。小冰块习惯性地质疑，说我丑化老师的形象。我也不会争辩。我又告诉她，毛毛以前杀过人，她笑得很开心，这次又编这个了。我总是有办法让她开心和质疑，和所有人一样，说起我编出来的事，她会很开心，确定那是真的，我说真事的时候一切又变成我想出来的了，被淡化与虚构。我从来不试图让人相信，任何事一旦扯下脸皮去证实就与趣味相去甚远了。我还会乘机告诉她我曾经想过做一个小说家，这样就和你般配了，小冰块说简直无法想象会是什么样的，一定很混乱，我们笑得都很开心。堂妹在另外一个房间里，房门紧闭，隔音效果很好，她无从得知我们这边发生的一切，我们隐藏得很好，她根本就不知道，有个姑娘跑到这里来和她哥哥夜夜私会。

在出租屋的最后一天，小冰块照例过来陪伴。二十三楼的窗户邻近长江，已经五十天没降雨了，细得不成样子。不过一会儿就有航班从旁边屋顶掠过，像一架剃头推子。我正在发愁今天该组织个什么故事，结果有人替我讲了。小冰块指着外面说，你看。循着手指的方向我看到一个姑娘还挺漂亮，她说你别看姑娘了看她手里拿的什么。经过提示我看到她手拿着挺亮的一个东西。老实说我很期待发生点儿什么事，局面已经是这样了，夜深人静的一个姑娘站在那里，我想她会跳下去，这样事情的发展就和背景统一了，小冰块可以就这件感慨一晚上。但是她只是把手里的东西放出去了，那东西银白色很好辨认，摇摇晃晃坚持滑行到很远，落地时一点声响也没有，她看了一会儿就进去了。小冰块问我那是什么？我说，很明显那是锡纸叠的飞机。小冰块很疑惑她那样的举动，我也很疑惑，解释不了。她问那会不会是哪个男孩子写给她的情书呀？这个想法实在是太妙了，能给人很多联想，她想表达你还是死心吧，还是准备挣脱束缚一起私奔呢，我不得而知，我并不知道她的一生。我说，这个我都清楚了，你心里又该发毛了，这家伙一定去鬼混了。不知为何，我总觉得这夜不会平静，会发生点事儿。

小冰块为我收拾回去的东西，一只箱子引起她的注意。她打开对我说是你的么，里面有很厚一匝书，全是郭敬明与安妮宝贝的书。我说可能是我堂妹的吧。她说想不到你妹妹这么爱读书，一点儿不像你。我也没想到，我不知道她的课余生活，小冰块还在那里鼓捣，我想阻止她却办不到，我也觉得不会就这么简单，想知道还有什么，这种感觉就像拆下门板一样刺激而无害，对秘密的发掘和想象。我们决定一探究竟，因为我并不了解她，所以翻出什么来也没必要吃惊。最后重点落到很厚的两个本子上。

我想起一年前我也有颗这样的心脏。那上面全是我上课时写的小说，老袁千方百计弄到它，就像淘到废纸，我写的话是没有价值的，比不上校长放的屁更实在。时间过去一年了，我还记得很清楚那会儿他如何阻止我去北京参加电影学院的复试，在他家里要我感谢他走上他指的光明坦途，别想那些歪门邪道了，一心赚钱养家。

翻开本子，一个是都市小说，写到第六章了，具体写的什么我没看，我注意到扉页上这丫头还给自己起了个名字，果然比我强多了，一共四个字，有三个我都不认识。故事前面有个题记，看来是她同学写的，时间是 2004 年，跟着是一篇自序，前半段表达了对一个叫叶毅的男生的爱慕，然后感慨岁月无常的惆怅，决定用一个故事凭吊，时间是 2005 年。这可真是预谋已久。另外一个是个古典小说，创作动机没写，故而不详。最奇特的就是她两个故事是同时写的，最近的时间落款就在今天。看来人长大就是那么一两天的事，你知不知道都无关大局。

我说，恐怕这样的东西是发表不了的，浪费时间了。然后我预感的事情终于来了，突然小冰块哭了，这让我束手无策。她说能坚持就是好的，然后打开随身带的包，里面有她的衣服，也有她的诗，她开始第一次为我朗诵这些被我说成永远也发表不了的东西：

我希望有一片足够坚强的麦地，容我倒下而不哭泣。

我会告诉她，她是对的，诗和小说都是好的。却不会告诉她我也写过，告诉了也无法给她看，因为一年前被人给烧了。这让我一度很伤心。

作者简介
FEIYANG

范书铭，男，80年代生，重庆文艺青年，在《萌芽》《青年文学》等发表文章。(获第六届新概念作文大赛一等奖)

神谕 ◎文/张雨涵

他是这样来到我的面前的。

头发蓬松着，眼神有些迷茫，眉头好看地皱起来，嘴巴微张着，手里握着一支铅笔，举到半空中，问我道，这个，是怎么回事？

这是一节电路实验课，半老徐娘的实验老师站在遥远的讲台上，手里拿着签字笔在做指点江河状。而我坐在靠着窗户的一张实验台上，看着外面花园里绽开几点粉红的桃花，在认真地出神。

钟城突然出现在我面前时把我从桃花的世界里拉了回来。钟城就这样站在我面前，手里握着铅笔，皱着眉头，一眼看过去，就是个认真而乖巧的孩子模样。而我呢，那天穿了件宽大的毛衣，露出黑色的蕾丝内衣。我没有化妆，因为那天是我的幸运日，相书上说了，我的幸运物是梨花。所以我要清纯些,这样才能显得娇嫩欲滴，梨花带雨。

很明显，钟城对我的怔忡模样显得茫然不解。他的嘴巴微张了半天，见我没有说话的意思，才把举着的手放下来，把铅笔插在耳朵后面，伸手拿过我面前摊着的书，翻看了两页，就一声不吭地放下走了。他的背影高高大大的，又有着些微颓废的气质。他走到一根嗡鸣着的日光灯底下就不再走了。他坐了下来，露个侧面给我，就没再看我一眼。

我把头挪回来。我继续翻着面前的书。《圣经》上说，上帝用七天造了这个世界。

下了课，陈伊人就一跳三尺高地跑到了我的面前。她跑到我面前之后通常都无事可做，眼睁睁地看着我慢腾腾地收拾着散落了一桌子的仪器。其实这些仪器我都没有碰过。我的实验课很差。主要理由是，我不喜欢那个半老徐娘的老师。她有狐臭，人到中年了，还留着大波浪卷的长发，常年喜欢穿红色的外衣。陈伊人对这些都没有感觉。她对任何一个老师都没有感觉，所以她的功课格外的好。

陈伊人偶尔往我嘴里塞一颗话梅，酸得我眼泪都要流了下来。这时陈伊人就很高兴的样子，扯扯我的衣服，说，陪我去北街吧——要不西街也行。我不理她，收拾完东西的时候那日光灯还在嗡鸣着，我抬头去看时，恰好碰到钟城淡淡扫过来的目光。我的心跳了几下。

走吧走吧。我拉着陈伊人的衣袖，三步两步走了出去。在门口的时候我撞到了林言。他堵在门口，在等钟城。而我慌不择路，便义无反顾地撞到了他的身上去。后面的房间里有一秒钟的寂静，然后便轰地一声，爆发了一阵铺天盖地的笑声。

现在是下午四点十三分。北京的春天又刮了一阵蛮不讲理的风。空气是干燥的，沙子不由分说地砸到人的脸上，让人不由得眯了眼睛。

我把太阳镜落在宿舍了，便只能缩着肩膀，眯着眼睛，和陈伊人在北街上四处晃悠。偶尔我兴致勃勃地看看路边的小吃摊子，以及在风沙的包围里面不改色地吃着混合了沙子的烤羊肉串的路人甲乙丙丁。陈伊人把我一直拉到了路边的一家小吃店里，要效仿那些路人。我让她看我的手表，然后又拿出手机，可是她依然对我的意图茫然不知所措。这让我有些沮丧。我站起了身子，四处打量一下。还没到晚饭时间，店里只有一对情侣在相互喂饭。见怪不怪。我拉起陈伊人，说，丫的，走吧。

虽然见怪不怪，但是依然影响胃口。

我失恋了。让我失恋的那个人是我高中同学，长得有点像韩国人。我们是两个月前开始忽然发现对方存在的。那时我刚被一个死党拉进了他的群，居然就碰到了早已失去联系的高中同学，其中就有他。高中时我风光无限，简直是高高在上，根本不知道原来还有早恋这么一回事。后来就遇到了他，然后就恋爱了。

那场恋爱维持了一个月零九天，然后无疾而终。

失恋以后陈伊人就开始腻在我身边，寸步不离。仿佛担心我想不开去自杀一样。在这段时间里她开始变得强大而伟大起来，时常拿名人警句来激励我。比如"爱情诚可贵，生命价更高"，或者"天涯何处无芳草，何必要在广院找"。我反驳说我没有在学校找啊。我那个一个月余的男朋友远在广西，和北京有千里的距离。何况，我早已不记得他的面目了。有时候在夜里想起来，依然是个模糊不清的概念。

像韩国人。

多么抽象。

而这个时候，陈伊人就站在我三步远的地方，看着我，笑得很叵测。

陈伊人和钟城很熟悉。他们不光是幼儿园同学，曾经还是邻居。高中时他们结伴回家，还可以骑一辆车子。这些我都知道。我甚至知道钟城家住在哪里，他小时候哭起来有多少分贝。但是这些都是无关紧要的，在今天之前，我们彼此都没有说过一句话。

陈伊人说，我的朋友就是你的朋友嘛。我就笑。我那个时候应该是躺在床上，手里捧着本书，而陈伊人把头靠在我的胸前，舒服地闭上眼睛。

我的朋友就是你的朋友。

是啊，除了钟城。

钟城是我们系的系草。我们系的系花是陈伊人。陈伊人是学校学生会的副主席，到现在还没有找到男朋友的原因是，陈伊人和我交往过密。

如果你那一年恰巧在广院待过，就不可能不知道吴然这么一个名字。据说吴然过于特立独行，不光谩骂教授，公开逃课，还打架斗殴，在学校里穿奇装异服，画浓重的黑色眼影，涂血色的唇膏，眼睑上还要贴上亮晶晶的水钻。她耳朵上有无数个洞，她经常早出晚归，夜不归宿，她作风糜烂，据说打过胎。

我就是吴然。传说中的那个吴然。

陈伊人有时候会忧郁地盯着我看，或者捧着我的脸，细细端详。末了，她就会长叹一口气，说，吴然，你什么时候突然就变了？

让我想想。

突变。

阳光从高大的落地窗透射进来，晒在人身上暖洋洋的。头痛了起来。陈伊人坐在我对面，捏了捏我的手，说，算了吧吴然。记不起来就算了吧。

我看着她。她确实很漂亮，眼睛大而清亮，嘴唇小巧红润，偶尔抿抿唇，就突然绽放一个笑容，天地间便春暖花开了。

想不起来了。确实是想不起来了。

陈伊人是对的。

上线性电路的时候，钟城坐在我的前面。我坐在最后一排。这个学期我开始没有那么频繁地逃课，每次讲台上的教授开始点名时，总是最先点我。以前他们总是很有默契，念吴然，下面便是寂静的，悄无声息的，总是让人心花怒放的。然而我似乎变得越来越乖，每次点名我总是在场。这让讲台上的教授很不高兴。

今天的教授依然不高兴。但是我没有理他。我趴在桌子上，翻开《圣经》，开始读。

起初神创造天地。

地是空虚混沌。渊面黑暗。神的灵运行在水面上。

神说，要有光，于是就有了光。

钟城突然转过身来，轻声问我道，你的书能借我看会儿吗？他的面孔离我很近，仿佛近在咫尺般。他呼吸的热气喷到我的脸上，痒痒的，撩拨得我迅速红了脸庞。他脸上细小的金黄色绒毛在我的眼底纤毫毕现。我看着他，一时间有些发愣。

他尴尬地笑笑，又把头转了过去。我低下眼睛，心才猛地跳了开来。

那堂课显得格外漫长。《圣经》永远地翻到了第一页，起初神创造天地。阳光混合着风沙从窗户里努力地渗透进来。我穿得单薄，却丝毫感觉不到寒冷。我的手心微微冒汗，靠着椅背坐着，半晌都不动。

他的后脑勺很好看，头发呈浅淡的栗色，干爽地蓬松着。短的，一直铺到脖子那里便优柔地停止了。脖子很干净，被支起来的褐色衣领遮住了大半。

下课的时候我以前所未有的速度收拾了一下，站起身来，从他身边仓皇地擦过，顺手把书放到了他的桌子上。他明显一愣。我站着看了看他，笑了一下，借你看。

他便笑了起来，眼睛眯着，里面盛满阳光。

陈伊人逆着人流挤到我们身边，脸上满是暧昧的笑容。她拉过我的手，却不看钟城，对着林言说道，什么时候请我们吃饭啊？林言茫然地看着我们几个，然后便都笑了开来。

四个人是在南食堂二楼吃的饭。本来陈伊人说要到国交去吃的，但是下午有选修课。于是便仓促地点了几个菜，凑到一起，四个人对面坐着，吃饭的时候还会不小心碰到对方。这时两个人就会相视一笑。

我的对面坐着钟城。我相信他们是有意这么安排的。抢座位的时候，陈伊人大呼小叫地冲向其中一张桌子，手忙脚乱地把书包手机都放在座位上占座，然后便拉着林言，在她对面坐。林言是个沉默的人，被陈伊人这么一拉，当下便红了脸。

钟城吃饭很斯文。钟城一粒一粒地咬着米，似乎舍不得咽下那些饭粒。这样一来我和陈伊人都老实了很多。我们半晌才端起筷子挟起菜去吃，一吃便是几分钟。最先吃完的是林言。他抱着胳膊看我们三个人慢腾腾的动作，含着笑，一声不吭。

有时候我不得不承认，林言是个很有魅力的人。他篮球打得很好，身高体长，喜欢在球场上技压群雄，让无数的女生为他尖叫。但是他不骄不躁，甚至有些羞涩。喜欢他的女生不计其数，也许他每天收到的表白比我这辈子的都多，但是他依然沉默，孤独，淡然，安静。

完全是我所喜欢的性格。

晚上回去的时候陈伊人便在我耳边絮絮地说林言的好。林言是很好的。林言高大英俊，温柔体贴。林言安静淡漠，没有通常的男生都会犯的骄傲自大、粗枝大叶的毛病。林言是完美的。

四个人经常聚在一起。林言被陈伊人拉着，一直在那里认真倾听着陈伊人喋喋不休的话语。而钟城就坐在我的边上，认真地看《圣经》。那本《圣经》已经很陈旧了，是我的外婆传给我的。我的外婆笃信基督教，晚年的时候经常去教堂，不知道她现在是不是在天堂里。

我的外婆在半个月前离开了这个世界。她走的时候很安静，甚至没来得及说最后一句话。她死于脑溢血。

之后我便失恋了。

这些钟城是不知道的。或者他知道也说不定。陈伊人和他过从甚密，或许她会告诉他也说不定。谁知道呢。

那本《圣经》，我只看了第一页。神说，要有光。于是就有了光。

神是多么的遥不可及。

而钟城就在我的边上，我甚至可以闻到他身上的气息，淡然的香水味，是 Armani，或者 Burberrys。

那天，钟城叫我下楼去。我刚洗完澡，头发都来不及梳，就急匆匆地冲了下去。宿舍在三楼，临着阳面，有个巨大的阳台。阳台上挂着各种各样的内衣，琳琅满目，让人目不暇接。

钟城坐在会客室里，有很多女生围在一边看他。而他低着头，等我走到他面前，才从书上抬起头来。他朝我笑笑，说，这么快？

是啊。我掠了掠湿淋淋的头发，有些不安。

半晌，他突地笑了，说，吴然，你不化妆很好看。

四周的空气里有些微的震动。吴然。或者那句，你不化妆很好看。

我呆看着他，一时手足无措。

抽屉锁上时，陈伊人在边上，用怪异的目光打量我。我绕过她，拎起包，走到门口，回头问她，你不走了？

陈伊人慢腾腾地过来，仔细盯着我的脸看了半天。你今天出去？

是啊。我晃了晃手里的包，有些不耐，不是早就告诉你了吗？

你的脸。

干净得有些不正常。苍白的，在北京干燥的空气里，鼻翼的两侧还有些皮屑。

我撇嘴。转身走了。

等等。陈伊人站在我三步之外，看着我，轻声说道，我和林言，在一起了。

我愣住。

陈伊人向林言表白的时候，应该是个月黑风高的夜晚。校园外面的京通高速不时有刺耳的刹车声传来。昏黄的灯光渗透到了他们的嘴角眉梢。陈伊人看着林言，用清晰而坚决的声音说，我们交往吧。

而林言呢，他应该是愣了一下，脸上便绽出了红，他咬了一下嘴唇，眼睛看着地面，脚边恰巧有颗石子，他抬起一脚，把它踢飞了。两个人回头去看那颗石子，等它不动了，林言转过头来，看着灯光下的陈伊人。她的脸上风情流转，目光顾盼生辉。好，于是他说。

这就是陈伊人和林言那晚单独行动时发生的事。后来陈伊人对我坦白了。我把脸埋在枕头里，半晌不说话。

你——不喜欢林言和我在一起么？陈伊人躺在我旁边，小心翼翼地说。

我没吭声。

还是，你喜欢林言？

丫的胡说什么。我猛地坐了起来，把陈伊人吓了一跳。我眯着眼看头顶的日光灯，四周是惨白的墙壁。我轻声说，钟城，他知道么。

我一直相信钟城是喜欢陈伊人的。钟城看陈伊人时，目光里便满是疼惜，脸上的表情柔和下来，眼角眉梢都是阳光。他喜欢伸手揉乱陈伊人的头发，喜欢替她摘掉脖子上项链沾上的发丝。他这样做的时候手指会碰到陈伊人的皮肤，温柔细腻的触感便顺着指尖蔓延开来，一直渗透到他的四肢百骸。或许他还会在那个瞬间脸红心跳，还会泛上些许潮湿的泪水，感动于那一瞬间两人的心照不宣。

而陈伊人对此表现出了茫然不解。怎么？她说。

没什么。我躺下，拉过被子盖住脑袋，日光灯便被隔绝在外。剩下的便是黑暗。无边的黑暗。

像是神尚未呼唤出那句，要有光。

于是就有了光。

出乎我的意外，陈伊人并没有迅速地把她和林言的恋情公开。四个人还是经常一起出去。走在马路上的时候，陈伊人照例抱着我的胳膊，转头四顾，兴高采烈，大声喧哗。而我的旁边走着钟城，林言远远地跟着我们，低着头，不紧不慢地走着，半晌都不说一句话。陈伊人经常发现一些新奇的玩意儿，先是兴奋地两眼冒光，脸颊发红，然后探过头，横过身子——把我完全置之脑后的模样，那样跟钟城交流，搭话。快看，那边。她说。她伸出去的手指纤细颀长，挥洒的样子恰到好处。

钟城便笑。钟城说，我们去看看吧。

我垂下眼睛，能看到林言的脚。一双耐克鞋，白色的，在阳光和灰尘中显得安静无比。

我早就料到了。陈伊人的虚荣。陈伊人的摇摆不定。陈伊人对林言的置若罔闻。陈伊人。

陈伊人。

我本不该说那句的。钟城知道么？为什么要说那句话呢？不说，也便没了今天的局面。

林言是无辜的。林言单纯安静，不该成为陈伊人牺牲的对象。陈伊人不可以这样若无其事地把他弄到手之后再若无其事地丢掉。林言不是洋娃娃，钟城也不是。

然而林言一副淡然的模样，手插在裤子的口袋里，靠在墙上，眯着眼睛晒太阳。

你和陈伊人……

嗯？

你和陈伊人，你们……

我们？我们在一起了。

林言很淡然，像是在说一件无关紧要的事。他依然靠在墙上，眯着眼睛。我笑笑，转过了头。不远处，陈伊人和钟城走了过来。陈伊人在说着什么，钟城就笑得弯下了腰去。

过马路的时候，陈伊人把手递给了钟城。

我微转了头，看林言脸上的表情。淡漠的。平整而安静。

陈伊人远远地对着我笑，在阳光底下有着动人的明媚。吴然，钟城刚才对我说，你借给了他一本书？陈伊人的嗓子很好，清亮而温润，和干燥的空气很不相称。但是我还是皱了眉。我抬头去看钟城。

他在看着我，满眼都是笑意。他抿抿唇，说，对不起啊。我刚才不小心说漏嘴了。

陈伊人抢着说，什么书啊吴然你居然都不跟我说。她的声音有着伪装的娇嫩。我皱眉。

没什么。一本旧书。

嗯。钟城没再说话。他看着我的目光里有了歉意。

我也要看我也要看。吴然，我也要看。陈伊人摇晃着我的胳膊。她在撒娇。

我皱眉，推掉了她的手。

你要看便问钟城要好了。书在他那儿。

钟城，你把书拿给我看吧。陈伊人又转向了钟城。他有些尴尬，看着我。而我不理他，看向他们身后的那条街。四月了，阳光明亮，照得尘土发白。

而林言一声不吭。他闭上了眼睛。

信号与系统课的时候，陈伊人坐到了我的身边。

对不起，她说，我把你的书弄丢了。

什么？

书。《圣经》。我昨天从钟城那里拿来看的，之后去了图书馆。睡了一觉醒来之后，书就不见了。

胸口窒闷。我抬头看她。她的表情很安然，完全没有愧疚。

对不起，她又说。她的目光温和。钟城从遥远的八千里外看了过来，目光里依然有着温和的笑容。如此相像。

我的血液一下子涌了上来，脸涨得通红。你总是这样！你，你总是这样！陈伊人！我歇斯底里，一下子吼了出来。

不不不，这不是我所想象的。我压抑着胸口沸腾的怒火，压抑着那些要喷涌而出的绝望，那些泛滥开来的嫉妒。不。我是吴然。

我颓丧下来。我转开脸去。林言的侧面依然安静。他也转过头来，无辜而单纯地看着我，眸子清亮。我盯着他，轻声对陈伊人说道，没关系。没关系的，我们是好朋友。

起初神创造天地。神创造天地的时候，有没有想到过，人的勾心斗角，人的尔虞我诈，人的不甘不愿呢。

他一定是没想到我会突然出现。我坐到他身边时，他吓了一跳。

你怎么来了？

我也选了这一课。

昆曲？以前怎么没见到过你。

我是为你选的。我在心底默声说道。嘴上一笑，以前都逃掉了。

你也喜欢昆曲？他安静的斯文的样子。以前都没想到过，他应该是个江南人，喜欢温软的语言，湿润的空气，清凉的眸子。

不假思索脱口而出，你是江南人吧？

浙江金华。怎么？

怪不得。我笑，你太高了，以前总是怀疑你不是北方人，原来我还是猜对了。

他也笑了起来，眼睛眯着，嘴角咧开，阳光便溢满了我的眼睛。

老师在上面放《牡丹亭》。咿呀的唱腔，我一头雾水。咬着牙，强忍着听下去。

"柳生啊柳生，遇奄方有姻缘之份，发迹之期。"那杜丽娘一甩水袖，我吐了口气。终于下课了。

林言笑着看我，你是不是听不懂？

两个人在灯光下的校园走。我手里拿着一杯奶茶，不时喝一口。香草口味的，味道浓烈。

你怎么会和陈伊人在一起？我吞下一大口奶茶，直奔主题，问他道。

哈，这么直接。这才是我认识的吴然嘛。林言笑。

我脸有些红。好在灯光昏黄，看不真切。说啊，我拿着杯子，作势泼他。他扬着手挡回我的手，他的手干燥的，皮肤细软，摩擦着的时候有着细腻的触感。我的心一跳。他侧开脸，收回了手，左右张望，神色仓惶。

那是我猜测的。他一定忐忑不安，心跳不低于一百二。

下意识地端起杯子喝，奶茶灌满了我的嘴巴，我呛了一下，奶茶全部喷了出来，洒了他一身。

登时尴尬。

灯光下，两个人的脸绯红。

我依然和陈伊人出双入对。见到钟城的时候依然不自觉地握紧她的手。但是我却对林言避而不见。远远见到他来了，我定要绕着他走。陈伊人拉着我，叹了口气。她说吴然，他是我男朋友，你这么讨厌他，怎么行？

我就默然。

林言刚从篮球场上下来，浑身热气腾腾的，还能听到微微的气喘。你们好。他说。声音里有波动，但是依然安静。

我低着头，只看着他的脚。乔丹的篮球鞋，白色的，上面沾了些尘土。

陈伊人把手里的水递给他。他接过去了，双手握着，很谨慎的样子。其实不然。我知道他是怕手碰到对方，陈伊人。他怕碰到她的手，更遑论他们曾经牵过手。我埋着头笑了，嘴角弯着，姿势很轻。

书丢了以后，钟城对我明显殷勤以来。他是在弥补。弥补对我的歉意。他专程去了趟宣武门，从那个教堂买回了一本《圣经》，2005 年修订版，崭新的，还散发着纸页的清香。他把它拿给我的时候，低着头，脸有些红。他说对不起，我没想到陈伊人会把书弄丢了。

没事。我笑笑，接过书，没看它一眼，就把它塞进了包。

我……我本不该告诉她的。钟城更加愧疚了，都手足无措了。

我说了没事。我不愿意再说下去，转身就走。

哎，吴然。钟城不依不饶。他跟在我身后，我代替陈伊人向你道歉。

你？你凭什么？我突兀地停下来，看着他。你凭什么代替她？你是她男朋友还是监护人？你不是林言，也不是她爸爸。你没这个必要。

钟城愣了一下。我的表情太过冰冷？否则他为什么要愕然。是的，以前我对他总是巧笑嫣然，从未像现在这般，僵硬的，冷漠的，没有丝毫温情可言。

林言？他们……

我冷笑，转身就走。钟城伸手抓住我，眼睛逼视着我，你再说一遍，林言和陈伊人，他们，怎么了？

你这个笨蛋！他们都在交往了！你不是他们最要好的朋友吗，怎么连这个都不知道？我嘲笑他，不留丝毫情面，钟城，你真是笨得无可救药。

不不不，陈伊人不是说，你对林言表白，林言没同意吗？她，他们怎么会……

刚刚熄灭的怒火腾地又升了起来，在核桃林的风里，被鼓吹着燃烧得越来越旺。陈伊人，她凭什么？

你多少年了都没看清楚过她！她这个卑鄙小人！你真的当她丢了我的书是无心的吗？钟城你这个笨蛋！她追的林言，这是她亲口向我说的，她还和我抢你！她都有了林言了她还和我抢你！我的头发被风吹得散乱开来。我双眼尽赤，泪水充溢着眼眶，努力不让它流出来。

为什么世界居然有这样的人？有陈伊人这样朝秦暮楚的，这样夺人所爱的，也有钟城这样单纯的，一直只相信他亲眼所见的事。我抱着肚子蹲在地上，我压着声音，努力不让自己哭出来。当初，曾经，我刚进校园的时候，还是多么单纯的一个人啊。那时我还梳着马尾辫，戴着眼镜，一笑还会眯起眼睛。若不是陈伊人，若不是她，我现在依然还会是这么一个样子。单纯，无知，还会暗恋着眼前的这个人。可是，可是，一切就像电影一样，发生了，然后便无可逆转了。

哽咽着，嗓子仿佛被堵住了一样，哭声和喊声一样哭不出来。钟城站着看着我，看着蹲在地上的我面色苍白，眼眶赤红，状若魑魅。是啊。我怎么忘了。我是吴然，劣迹斑斑的吴然。他凭什么相信我，凭什么因为这样一个人把他多年的青梅竹马给抛掷脑后给打入阿鼻地狱？

没理由的，吴然。没理由的。你醒醒。醒来吧。

醒来。

我平静下去。我站起身来。我慢慢地走。已经是四月了么。为何这里的灰尘依然这么大，一不小心，灰尘便渗进了眼睛，泪水便顺着脸颊纵横而下。

我不是圣人啊。我有七情六欲有爱恨情仇有哭泣有憎恨。可是，可是。身后站着的那个人，从始至终，都没有动过。

陈伊人脸色俨冷。不带感情。我哪里对不起你了？吴然，要不是我……

要不是我……要不是我……这么多年了，她似乎很热衷这么一句，要不是我。

对啊。若不是她，我也不至于到现在这么一个样子。

一个小时之前林言向她提出分手。他说他爱的不是她。或者是别的一个什么理由，总之无关紧要。他抛弃了她，这才是最主要的事情。

而陈伊人认为，我是罪魁祸首。有人说曾在那个夜晚见到我和林言。我们状似暧昧，极其亲密。实际上，我只不过是在替他擦珍珠奶茶。而再之后，他抱着我，吻了我一下而已。

若不是有学生会的人经过，我是不会让他亲的。

我对陈伊人和盘托出。我的叙述很平静。我说其实我一直都知道你会怎么去做。如果我不和林言好，你永远都看不到他。陈伊人，你总是喜欢和我抢。这么多年了，你都没有变过。

陈伊人震惊地圆睁了双眼。她的脸色逐渐变得苍白。泪水无声地渗进她的眼眶。她哑声说道，没想到，原来你一直在恨我。

冷笑。恨，岂能一时有一时无的。此恨绵绵无绝期。

一直如是。

三年前，我的妈妈离开了我。她是被一个女人抢走了老公的。三年前的那个夏天，那个女人带着一身的浓烈香水味和汗味进了家门。

那时开了空调，温度很低。我窝在沙发上，看着面前这个女人，感觉到了失望。在我的想象中，能把我的爸爸抢走的女人，若不是国色天香，也该姿色过人。然而面前的这个女人平庸而乏味，脸色潮红，品位低下，手足无措地站在那里，木讷的样子。我失望至极，撇嘴道，乡巴佬。声音很低，但是那女人还是听到了。她面色一紧，看了一眼我的爸爸。而我的爸爸，生我十七年养我十七年的爸爸，竟为了这个女人的一个目光，暴跳如雷地跳了起来，挥手给了我一个嘴巴。我哭着跑出家门的时候，看到门口站着一个小姑娘，梳着和我一样的马尾，眼睛清亮。看着我。

那就是陈伊人。

后来我就没有再回过那个家。我去了酒吧打工，染坏了头发，烫坏了睫毛。再后来，我和陈伊人每天都出入在一起，但是水火不容。

和平是假象。我们都心知肚明。

林言把一本古旧的《圣经》递给了我。他是在校园的路上拦住我的。这些日子我躲着他，甚至都没有去上课。他把书递给我的时候，我吓了一跳。那是原本就属于我的《圣经》，陈旧的，书页都要四散开来。酸涩的气息。

它曾经在无数个夜晚，就放在我外婆的枕边，闻着她的鼻息入眠。

我抚着圣经的封面，一时不知道该怎么说。林言沉默了一下，终于还是离开了。我看着他的背影，一时心底不知是何感想。

林言。我叫他。这是我第一次叫他的名字。生涩的触感，从舌尖到嘴唇，那么轻易地在空气中跳跃了几下，落到地上，悄无声息。

他站住了。

转过身子，侧着脸，阳光切割出他的轮廓，清晰的，明朗的线条。怎么？他说。

对不起。

没事。他笑笑。原来他是知道的。

我心下一惊。脸上扯上几许仓惶的微笑，对不起。我不知道该说什么好了。是的，在整个故事中，我唯对他心怀愧疚。

对不起。

我说了，没关系。吴然啊。你——他迟疑了一下，终于还是没有说出口。他又笑笑，眼底有无法掩饰的憔悴，我还有事，先走了。

说完他就大步走了，背影细长，而且柔和。

我的眼泪不争气地掉了下来，滴在《圣经》的封面上。这本书是我从陈伊人的身边拿走的。当初，我只是想证实，想对他们证实，陈伊人并不像他们所想象的那般美好。但是我还是什么都没来得及去做。昨天晚上，我把书扔进了垃圾筒。那个垃圾筒远在校门外，如果不是有心，谁都不会发现。

这么说来，林言是知道所有的事情的。但是他不说破。他只是想维持一个表面的假象，即使自己受了伤害，依然装得若无其事。

这众生，都是何苦来。

远远地，有两个人相互依偎着向这边走来。细看时，却是钟城和陈伊人。在我的那场诉说之后，钟城似乎就和陈伊人在一起了。我的预感是对的，他是爱着陈伊人的。我慌不择路，闪身进了教学楼。进门的时候撞到了一个人，自己却控制不住，差点跌倒在地。他伸手扶住我，笑了，说道，你怎么这么不小心？我抬头去看时，那男生细眉细眼，清秀的模样，嘴角挑着，笑得很开心。不是林言又是谁？一瞬间，前尘往事尽数散尽。恍惚想起不久前的那堂实验课，那时我也是慌不择路，义无反顾地撞到了他的身上。如今历史重演，我却只能愣愣地看着他。他笑，说，我回来只是想告诉你，我明天有场球赛，你能去帮我加油么？

我看着他，他的眼底笑意盎然，不像是开玩笑。一阵酸胀的气体又开始顺着鼻子向上翻涌，我赶紧别过脸去。外面是个网球场，有两个穿着红色衣服的小姑娘在打网球。叶子刚长满了树梢，嫩绿色的，清新而清香。校园是静谧的，符合所有关于美好的想象与假设。我转过头来看着他的眼睛，看他褐色的眸子，清亮如水般。

好，于是我说。

作者简介
FEIYANG

张雨涵，网名落草为灯。女，1985 年生，苏北人。兼具北方人的豪迈和南方人的柔情。匪气荡然，妇道犹存。在《萌芽》等杂志发表文章。(获第六届新概念作文大赛二等奖)

柯莱蒂日记 ◎文/刘玥

　　她站在阳光与阴影的边缘。下颏微微扬起。光洁的脸庞，一半沐在阳光，一半掩在阴影。光与影的分界线，穿越她的眉心，鼻梁，嘴唇，下巴，胸口。

　　她静静地伫立在屋檐下，无视周围的人来人往。像在等待或者抉择。

　　人流向她涌来。她往侧旁退了一步。脸深埋进阴影中。

　　初絮自小是个安静的孩子。热闹与喧嚷只会使她更安静。她习惯安静地匍伏在自己的角落里，眯着眼看外面的世界，像在看一场与己无关的电影。如果她爱上了某个人，她也不过是爱上了某个角色，某个影像，某个虚拟的真实。她隔着一层玻璃看他，为他欢笑为他流泪，直到玻璃被时间蒙上一层灰。

　　倘若参与意味着被伤害的可能性，那么从未参与倒是最好的选择。初絮满足于做一个永不参与的观众，安静地坐在阴影里，眼睛跟随着聚光灯下的华丽。

　　或许这种自闭不过是遗传作祟。初絮的母亲，是个比她手中握着的冰水更冰冷的女子。她若有念力，能让目光所及全都结冰。她生活在黑暗中，皙白的皮肤永远埋在阴影里。初絮对母亲的印象，就是一尊凝固在电脑前的雕像。矮小的，微胖的身段，一头黑发把她的表情埋葬在另一个空间里。她有时整天蜷缩在被窝里，抱着她的手提。屏幕上永远是股市，电影，游戏。一个被网络夺去了一半灵魂的女人。等她看腻了所有屏幕上的东西，她就对着黑色屏幕照镜子，看自己所剩无多的灵魂。

初絮与母亲唯一的交流方式是争吵。母亲对初絮不断挖苦嘲笑，可是她不在挖苦嘲笑时，初絮又受不了那种又冷又黏的关心，像某种恶心而善变的流质。跟母亲相处让她觉得窒息。

就像她的母亲沉溺于网络，初絮也有自己沉迷的东西。白纸。她喜欢在白纸上写东西。她常常感到躁动不安的灵魂在体内冲撞，颠狂，撕扯自己的内脏，几乎能把人逼疯。自闭的人必须找到灵魂的出口。如果嘴不是，那么只能是手。

她写日记。曾经她像所有青春期少年一样，把日记锁进密码本里。之后她发现这纯粹是多此一举。家里没有人关心她在想些什么，更不会关心她写了些什么。她忽然发现被人偷看日记是何等的幸福。当你不断地写字不断地倾诉而听你诉说的只是白纸，绝望便压顶而至。初絮觉得自己会长成一棵封存无数岁月的树，没有人愿意抚触它的年轮，它只能孤寂地老死，被岁月碾成齑粉。

人前的初絮如孩童般胆怯得可笑。她从来不会在课上主动举手。如果被老师点了名，她会颤抖地站起来，用几若蚊鸣的声音吐出几个字。老师为了鼓励她，有意多次让她发言，初絮却从无长进。永远是胆怯的，无所适从的表情。永远是低低的，轻如耳语的声音。

聚集的人会让初絮有种莫名的恐慌。女孩们喜欢聚在一起，谈论小说，电影，音乐，明星绯闻和新上市的名品，你一言我一语。初絮在她们中间如坐针毡。她想逃离却不被允许。她想说话却总也插不进去。她觉得自己肯定有语言障碍，说一句话简直能要她的命。她会原形毕露，她会被嘲笑被鄙视。

这个星球真应该分成两层。让社会动物住在阳光里吧。那些属于阴影的生物，它们真该被隔离到安静的地底。

初絮没有真正的朋友。她的朋友发现跟她交流实在是件万分困难的事。初絮的口语词汇少得可怜。她只会不断地说，是的，不是，也许。她只会冲你傻傻地笑，傻到笑里没有一点杂质。可是你不能跟傻笑讨论哪个明星比哪个明星更帅，哪款香水比哪款香水更好。要是有可能，或许该以跟哑巴交谈的方式同初絮交谈。让初絮把想说的话写下来。她总是能写很多。她写得太多了，以至于无话可说。

她写。日期，星期，天气。见过的人，听过的事，路过的梦境。盛开的蔷薇，冻死的小鸟，遗落的情绪。有段时间她天天写回家路上那条又脏又臭的小溪。然后她写糖纸，细细地描摹那些花花绿绿的好看的玻璃纸。之后她还写窗台上昆虫的对白。然后主题变了，变得明确而单一。就是，他，他，他。

他。每个女孩都会在恰当的时刻遇见自己的他。有的女孩款款上前，微笑对他问好。然后把手伸进他心里。而另一些女孩不敢上前，她们便只好在纸上写，他。然后把心放进他手里。

暗恋就是，一个人写两个人的故事。于是初絮的日记，变成初絮与他的日记。假如他某一天有机会读初絮的日记，他该会发现多少从指尖流落的回忆。在初絮那里，一天细细碎碎的生活，忽然变成了一种近乎守望的窥视。喜欢本来就是一个人的事情。生活的全部意义，就是安静坐在自己角落里，看一个名叫曹圣的他的背影。

初絮疑惑自己是从什么时候起开始注意这个男孩。仿佛是从些小小细节开始的。日记本上，总能看到这样的字句。

……晚会的节目倒没什么深刻印象了，只记得，那个男主持的声音，分外好听。后来一打听，知道那男生名叫曹圣。

……在布告栏上看到年级第一的人名叫曹圣。好熟悉的名字。

……那帮女生聚在一起交头接耳，隐隐听到曹圣这个名字……

　那个他，就这样一点，一点被印进心里，不断镌，刻，划，直到不可磨灭。

　　几乎变成一种习惯。

　　会在走廊里懒懒地倚着栏杆，因为知道九十度的拐角过去，有一个同样斜倚栏杆的男生。从来不敢直视他。但即使是眼角余光，也不曾忽略他的光芒。不错，他总是沐在阳光里，乍一眼会以为他在发光。看不出悲喜的脸。目光散漫地在校园或者天际游移。我常常循着他的目光，拾起先前被遗漏的点点滴滴。从树叶罅隙里泻下的一地阳光，镶上金边的流云，灌木在风里嗤笑的余音。

　　身边的喧嚣忽然与己无关。像是入定。所有嘈杂都被忽略。整个世界只剩下我们两人。毫不相关的两个人。看一样的风景。

　　目光不小心交错。我匆忙收回目光，想起自己竟没来得及给一个尴尬的笑。低头的瞬间，却发现，他在笑。像在对我笑。

　　我讶异。一侧脸，却看见身边另一个女孩，正抱以灿烂的笑容。

　　在走廊里滑倒。手里抱的东西散了一地。急忙蹲在地上收拾。起身的时候，一只手递过来一本遗落的书。

　　"当心了。"他说，微笑着。

　　灼热的感觉。像是要被融化。想说句谢谢的，可还没出口，他已经匆匆走开。

不过是无心的小插曲而已，何以自己如此在意。

像往常一样独自站在走廊，忽然找不到那个熟悉的身影。好像失落了什么重要的东西，心变得不安，焦躁，烦闷。他在哪儿。他去了哪儿。他怎么了。他为什么没有站在斜对着我的地方。

可是，他在不在又关我何事呢。根本就是两条路上的人。我是他的风景。他是我的风景。如此而已。

又看到他了。依旧站在熟悉的位置上。眉头紧蹙，似有不快。这对我却已是最重的恩惠。请让我看着他，即使明知自己永远无法走到他身边去。他在阳光，我在阴影。阳光不在乎阴影是否存在；可是阴影没有阳光甚至无法生存。

明知不公平，却已接受。

那就让我这样静静地凝视吧。静静守着他。跟随他旋转自己的全部。如同被遗忘的希腊神话。恋上阿波罗的柯莱蒂，追不上太阳，就在原地做一株葵花。

看不到终点的如朝圣般的仰望。朝圣。

曹圣，原来你的名字是我的谶言。

是否这样普通而又丑陋的女孩，就活该在角落里安静死去。是否雪地里被冻死的爱情，就是向日葵命定的结局。

初絮是个容易默认和接受的人。这样的人总是自卑自弃，默认了也接受了臆想中尚未到来的结局。她可以独自进行这场一个人的恋爱，独自送它悄悄离开，一如当初她独自迎接它。她相信暗恋是一场病。一场高烧，让她滚烫，晕眩。但是她会好起来，然后继续生活在她的阴影里。

如果不是因为那些信。

从不曾与谁通信，更别提电子邮件。邮箱里总是塞满各种广告，初絮便也极少登录自己的邮箱。因此，当初絮偶然登录时，竟发现收件箱里已积了四五封邮件。每封信都是只言片语。但是语调温馨。发件人是那个再熟悉不过的名字。

曹圣。

> 看到这封信你一定惊讶不已。
>
> 可是，我居然会提笔写下这封信，这同样让我自己惊讶不已。知道自己的唐突和冒昧，却也并不奢求你的谅解。如果你把我的信看作无聊者的呓语，你尽管可以不必理我。
>
> 我还是要说，相遇从不是偶然。当某个早晨发现走廊彼端那个阴影里的女孩，我便不可抑遏地，被强迫似的一次一次走到那个位置。却从不敢直视。
>
> 然后开始一点一点打听你，了解你。知道你有个好听的名字，初絮。知道你总会站在楼前高大乔木投下的阴影里。知道你不爱说话。知道你的沉默与孤僻。知道了你的邮箱地址。于是开始写信。
>
> 不奢求你的回复。或许保持彼此间的空白会让彼此心安。只想让你知道，不远的地方，有人正默默注视你。

> 初絮，今天我们目光相遇。
>
> 霎那心悸。我冲你笑。但是你，却似失措般将目光移开。你身边另一个女生却回了一个笑。你失措。我失落。
>
> 初絮，我自以为是地以为，你欠我一个笑。

帮你拾起书本，递过去。匆匆离开。

因为害怕，若慢了一步，表情会把心事抖落。

他们说你自闭，说你不善于表达。可是初絮你看，在自己喜欢的人面前，也许任何人都一样窘迫，木讷，不敢开口。我还没有作好任何准备掀开我们之间那层幕帘，因此只能选择这种方式告诉你。

告诉你什么呢。想告诉你什么呢。自己也不甚了了了。

今天有事，便没去我们用沉默约定的地方。不知道你又一次站到那片荫凉的乔木影里，是否曾注意我的缺席。

站在那片暖暖的阳光里，又看见你。依然沉浸在那片阴影，像荫凉处盛开的白色花朵，有着与世隔绝的高傲冷漠。却又美得无可言说。我被隔离在你的世界之外。你的世界阳光无法抵达。你不曾给我任何回应。

想伸开双臂对你喊，初絮。初絮，你看今天的阳光多么好。初絮，从阴影里走出来吧。初絮，请对我笑。初絮，你知道你有多么漂亮吗。你可以像任何一个女孩一样飞奔在阳光里。你可以冲所有人自信地笑。

初絮，我希望你快乐。我用全部身心希望你快乐。孤独不会让你快乐。沉默不会。自闭不会。你也一样属于这个世界。你从不孤单。你一直被爱。你与幸福，与快乐，都只隔着一个边缘的距离。只要你愿意，你可以跨越。阳光会在那里拥吻你。

亲爱的，听见阳光的召唤了吗？

初絮用颤抖的手敲击键盘。听见了。我听见了。

然后久久停住。心海潮涌潮落。这一切太突然，她还没有准备好。

她还没有勇气跨越。她也没有勇气坦白。有一刻她恨不得把自己所有心事所有秘密都拿到太阳底下曝晒，告诉他她的全部，她的痛苦她的爱。可是马上她又害怕，害怕那些在阴影里蛰伏太久的东西，承受不了炽热的阳光。她怕它们会被阳光烧死。

她不知道该怎么回复那些邮件。她终于放弃，然后用一样颤抖的手写日记。

　　我收到他的信了。我收到他的信了。我无法形容现在的心情，只觉得自己快要死掉。

　　像太阳用它的光线，把葵花缠绕进它的魔法里。它将要燃烧了。可它还在害怕。

　　但这不正是它一直渴望的么。

　　它一直渴望的。

　　这些日子，不知出于什么理由，忽然不在课间去走廊了。是知道那里有双等待的目光么？还是只是害怕？

　　是因为知道自己的卑微，害怕自己的卑微玷辱了他的高贵么。

　　曹圣，我还没有作好准备去到阳光。

　　可是我会努力。努力让自己配得上你。有一天我会披着满身阳光走到你跟前，报答你的漫长等待。

即便没有回复，那些信依然像雪片一样悄悄落进初絮的信箱；就像那些层层叠叠的心情，浸润着初絮的日记。鼓励和安慰的话语，像从树叶间渗入的阳光，落进阴影里，变成一个一个温暖的明晃晃的光斑。不经意间就被改变。

初絮，好些日子没在走廊上看到你。过得还好么。

想象你会在某个时刻出现。带着天使的翅膀，披着满身阳光。一袭衣裙。对了，须是白色的裙子。初絮，你穿上裙子一定分外好看。从来不见你穿裙子的样子。

想象你笑的样子。嘴角弯成彩虹的弧度。阳光像雪片在你头顶飞舞。

初絮，你会勇敢。一直以来你都把你自己关在暗无天日的地牢，囚禁自己，隔离自己，漠视自己也折磨自己。结束那一切好吗。准备一场对过往的逃离。我可以带你去流亡，倘若你愿意。只要一点勇敢就足够。

初絮，你可以做得很好。你可以让所有人对你刮目相看。你可以让世界因你不一样。比如说，某个角落会多一寸阳光。

那些改变是从一点点开始的。释放。逃离。一边迷惘一边寻觅。

初絮在不自知中开始改变。信里的温存话语，变成耳边的旋律，不断对自己说，你可以。

成绩在逐渐提高。如果曹圣是年级第一，那么她就必须强迫自己也有骄人的学习成绩。会在课上破天荒地举手，在班里没有人能回答的冷场时刻，怯怯站起，告诉所有人她的答案，可以看到老师赞许的表情。会在交头接耳的女生中插上一句，我喜欢米拉·乔沃维奇，喜欢她冷的深的蓝色眼睛。会在走廊上伸出双手，让温暖的阳光落在自己的手心。

会在与他目光交接的时候微笑。

他们只用目光交谈。她绽开一个葵花的笑容。他报以灿烂一笑。

然后，在某个阳光如洗的早晨，初絮为自己挑了一条白色的棉布裙。她对着镜子，用金色丝带把头发扎成两束。跨越。初絮对自己说。

只要一点勇敢就足够。

阳光淌过的早晨，空气里是清橙的气息。从发丝间掠过的，是氄氄金缕的风。天是一碧澄蓝，梦似的云浪在年轻的笑里翻滚。

依然以一样的姿势站在那里的，是那个男生。

初絮踯躅片刻，然后缓缓地向他走去。

"嗨！"初絮说，努力握住自己的笑，"我喜欢你。"

男生把脸转向初絮，极度惊讶的表情。

"谢谢你给我的那些信。"初絮说，定定地看着曹圣的眼睛。

那双熟悉的温柔的眼睛里，写满广袤的空白。

"什……什么？"曹圣讶异地问。

"那些信。你发给我的邮件。它们真的给我很多鼓励，让我鼓起勇气走到你面前……"

"信？"仍是一脸疑惑，"我给你写过信么？"

"你不记得了？你给我写的那么多信……"

"可是，同学，我甚至不认识你，怎么可能给你写信呢？"

初絮愣住。

他甚至不认识我。是呵，他甚至不认识我，怎么可能给我写信呢？

初絮最先想到的是，他一定在骗我。

然后她否决了自己。脑海里慢慢浮现出一个形象。一个矮小，肥胖的女人，趴在电脑前打字。

初絮无视响起的上课铃声，从学校跑了出去。她要去确认一件事。她要去找那个天天给她写信的他。她一路狂奔。大口呼吸，几乎把地球上的氧气耗光。

她急急地掏出钥匙，打开门。她听见自己的房间的响动。她猛地推开门。

矮小的，肥胖的女人慌张地回过头来，看到初絮，一脸苍白。然后她急急地把初絮桌上的日记本合上。

"对不起……"她嗫嚅着说。

初絮不再写日记。

她不曾与母亲争吵。她安静地听母亲的解释，听一个母亲的隐忍与孤寂，听埋没在阴影里的无声的爱。她在母亲额角发现一丝雪白。她从来没有这样心疼母亲。最后她以一个拥抱结束了这一切。

初絮，你是被爱的。初絮对自己说。你应该知足。

那一瞬忽然长大。

一切如常。她依然是那个把脸深埋在阴影里的女子。把脸深埋进阴影。连同所有孤寂与悲伤。她依然是化作葵花的柯莱蒂，世界迷失在冰冷的霪雨里。她曾经只有太阳。现在她连太阳也失去了。她依然以一样的姿势伫立在乔木的阴影里，虚眯着眼睛看阳光。只是不再用眼角去看对面的男孩。与己无关。

初絮，你会勇敢。

一点勇敢就足够。

一个轻柔的声音，在耳边如是说。初絮笑。然后，像完成一个仪式，她向阳光迈出一步。

她走进阳光。原来跨越是如此容易。她微微仰起头，阳光泻在脸上。

亲爱的，你看今天的阳光多么好。

作者简介
FEIYANG

刘玥，女，笔名流月。1989 年 11 月生于浙江金华。喜欢读书写作。喜欢胡思乱想。喜欢安静地坐着。喜欢热闹地活着。喜欢冲自己傻笑。喜欢执著地做一件事。也喜欢偶尔开开小差。喜欢农民工的小孩们注视着自己的大眼睛。在《萌芽》《读写月报》等发表文章。(获第八届新概念作文大赛二等奖，第九届新概念作文大赛一等奖)